KB058982

사사모토 유이치

방과 후 지구 방위군

2

고스트 콘택트

A.S.E.G.
After School Earth Guard

지구방위군이란 외우주에서 오는 불법 침입자에게서 지구를 지키기 위한 세계적 규모의 비밀 조직, 성안 경비대를 통칭한다.

　현대 문명을 아득히 초월하는 과학 기술과 지식 능력을 가진 우주인을 상대로 인류는 지구와 종족의 안전을 확보하기 위해 외금(外禁) 체제, 전 지구 규모의 쇄국 정책을 결정했다.

　그러나 광대한 우주에 가득한 다종다양한 우주인은 그 기술력과 능력으로 온갖 수단을 써서 지구에 침입하려고 한다.

　지구 각지에 배치된 성안 경비대의 임무는 최전선에서 우주인의 지구 침입을 저지하고, 또 어떤 때는 우주 난민을 보호하며, 또 어떤 때는 악한 우주인에게서 지구를 지키는 것이다. 그 임무 내용 때문에 대원들은 자신을 지구방위군이라고 불렀다.

　과거에 어업 기지로 번성했지만 지금은 지나는 철도도 폐지된 태평양 연안의 시골 도시, 이와에시에도 지구방위군은 존재한다.

　현립 고등학교 약소 천문부의 부원들도 지금은 지구방위군의 일원이 되었다. 다음에 그들 앞에 나타나는 것은……?

시미즈 마사키

키류 쇼헤이

카지마 유미　　　　　마리아 비아테 스즈키　　　　　우메다 안(고문)

제1일

이와미 대학 마세 연구실의 한 면을 차지한 칠판 같은 크기의 거대한 고화질 디스플레이에 화면 몇 개가 띄워져 있었다.

검은 유리판 위에 놓인 홍채와 동공이 어떤 콘택트렌즈의 업로드 사진을 확대했고, 연구실의 주인인 마세는 설명을 개시했다.

"이것이 미카지마 유미 양이 제공한 콘택트렌즈의 정면 사진이야. 눈의 디자인은 솔직히 시중에서 파는 컬러 콘택트렌즈 정도의 완성도밖에 되지 않아."

백의를 대충 걸친 마세의 조작으로 콘택트렌즈의 정면 영상이 급속하게 확대됐다.

"그래서 이 콘택트렌즈의 진가는 그 구조에 있어. 크기도 무게도 통상적인 소프트 콘택트렌즈와 거의 다르지 않은 이것은 사실 수백 층에 걸친 분자 집적 회로의 집합체로, 이것 하나만으로 카메라, 센서, 통신, 디스플레이, 파워 서플라이, 인터페이스를 전부 갖추고 있어. 빛 센서로는 가시광선뿐만 아니라 자외선부터 적외선을 통신파로 쓸 수도 있지. 이 크기에 수신하는 측의 감도는 놀라울 정도야. 송신 출력은 한정되지만 그건 인체 중에서도 특히 섬세한 안구 근처에서 사용해도 지장이 없도록 하기 위해서 겠지."

"파워 서플라이는 뭐야?"

단숨에 설명한 마세에게 무표정한 얼굴의 우메다 안이 질문했다.

"이만한 걸 대체 무엇으로 움직이고 있어?"

"광열 전지야. 외부에서 투사되는 빛과 장착자의 체온을 에너지로 이용해. 콘택트렌즈의 표면에 광변환층, 안구에도 닿는 안쪽에 열변환층이 있고 수백 층의 구조 중 몇 층이 배터리로 보여. 그리고 알겠지만 가동 부분은 없어."

"그런 건 알아."

안은 견학을 위해 데려온 천문부원 네 명을 힐끗 훑어봤다.

"움직이는 곳이 없으면 고장 날 확률도 줄어들겠지?"

"그래."

마세는 고개를 끄덕였다. 설명이 이어졌다.

"평소에는 이건 단순한 갈색 콘택트렌즈야. 끼고 있어도 보기 위한 빛 정보는 그대로 안구 안으로 투과해. 다만 장착자의 눈을 태울 듯한 섬광, 지나치게 강한 빛, 태양의 직사광선 등을 보려고 하면 자동적으로 차양이 생겨 투과하는 광량이 줄어들어."

학생들의 이해를 돕기 위해 안은 질문을 던져봤다.

"자동으로 반응하는 선글라스 같은 거야?"

"그래. 선글라스뿐만 아니라 광량이 낮아지면 그걸 보충하는 기능도 달렸어. 스타 라이트나 암시 스코프 같은 기능이야. 이만한 기능을 콘택트렌즈 표면에서 들어오는 빛 입사를 전기 변환하는 것만으로 움직이는 걸로 추측하고 있어."

"……전지는 얼마나 가?"

"불명이야. 열두 시간 정도 빛이 전혀 비치지 않는 어두운 환경에 둬봤지만 작동에 문제는 없었어. 즉 통상적인 사용에서라면 지장은 없다고 추측할 수 있지."

"아, 그래?"

안은 한숨을 토했다.

"얻은 데이터는 전부 전송되는 거야?"

"궤도 위의 사령 위성이 시야에 있어서 통신 가능한 상태라면 기록된 데이터가 고압축되어 날아갈 거야. 통신 기록에서 더미 명령어를 만들어 기록 전송 명령어를 쳐보니 미약하지만 무시무시한 고밀도 데이터가 수신됐어."

"기록 내용은?"

"그쪽은 아직 해석 중이지만, 콘택트렌즈가 본 모든 화상 데이터와 위치 데이터와 환경 데이터와 함께 전송됐다고 추측하고 있어. 통신 시간은 짧은 주제에 엄청나게 압축된 데이터라서 우리 컴퓨터로는 푸는 데 시간이 걸려서 어쩔 수 없어."

"화상 기록."

안은 디스플레이상 콘택트렌즈의 화상을 빤히 응시했다.

"전송하고 새로운 기록을 찍은 거네."

"아니, 화상 기록은 본체에 백업되고 있어."

"흐음."

안은 무심한 대답을 했다.

"화상은 몇 분 정도 기록됐어?"

"전부야."

"전부?"

"형식이 뭔지 잘 몰라서 아직 추출 재생은 할 수 없지만, 이 콘택트렌즈는 기동하는 동안 비친 모든 것을 동영상으로 기록하는 것 같아. 그것도 하루나 이틀이 아니라 연 단위로야. 그 기록 용량은 아직 한계가 보이지 않아. 페타(10¹⁵배)나 엑사(10¹⁸배) 등 인류가 사용하는 정도의 단위로 측량할 수 있는 기억 용량이라면 좋겠는데 말이야."

"콘택트렌즈 크기에 작동 시간 불명, 기록 시간은 실질적으로 거의 무제한인 카메라이자 통신기이자 센서네."

안은 견학 중인 천문부 일동에게 돌아섰다.

"이런 기재를 투입하는 게 즉 이 주변을 돌아다니는 우주인이야. 참고로 이 정도 장치는 이 일을 하고 있으면 그렇게 희귀하지도 않아."

안은 키류 쇼헤이, 마리아 비아테 스즈키, 시미즈 마사키, 미카지마 유미의 얼굴을 둘러봤다.

"여기까지 질문 있는 사람?"

모두 서로 얼굴을 마주 보고 나서 네 명 중 쇼헤이만 조심스레 손을 들었다.

"이 연구실은 원래 뭘 전문으로 하나요?"

"전자공학과 정보처리야."

마세는 칠판 크기의 대형 디스플레이에 펼쳐진 화상을 잇달아 끄며 대답했다.

"이건지 저건지 종잡을 수 없는 이론을 장사 도구로 삼도록 돕거나 사소한 아이디어를 제안하는 게 본래 업무지."

마세는 안에게 시선을 향했다.

"이런 잡다한 장치의 분석이나 평가는 아르바이트 정도지."

이어서 마리아가 조심스레 손을 들었다. 안이 물었다.

"뭐야?"

"저기."

마리아는 마세에게 질문했다.

"안 선생님과는 무슨 사이세요?"

마세는 안을 봤다.

"설명 안 했어?"

"학교 선배야."

안은 퉁명스럽게 대답했다.

"따라서 너희 선배이기도 해. 위저드 란마루라면 이와고의 컴퓨터 연구부뿐 아니라 인터넷 업계에서도 유명인이었어."

"란마루!"

쇼헤이가 소리를 높였다.

"몇 년 전에 우리 고등학교에 있었다던 폐인 게이머 란마루가 본명이었어요?! 그보다 실재했어요?!"

"안 너, 자기 학생한테 무슨 교육을 하는 거야."

대화면 디스플레이를 끈 마세가 안을 노려봤다.

"이 녀석들은 안 지 얼마 안 된 신참이야."

안은 마세에게 귀찮다는 듯이 손을 흔들었다.

"견습 혹은 연수 중인 신분이어서 아직 교육 도중이야."

"그렇군."

마세는 흥미롭게 네 천문부원의 얼굴을 둘러보고 시선을 안에게 되돌렸다.

"그거 책임이 막중해."

사라진 대화면 디스플레이에서 마세를 보고 쇼헤이는 다시 한 번 손을 들었다.

"콘택트렌즈 안에 카메라와 무전기가 들어 있고 전용 배터리도 들어 있으며 메모리의 크기도 알 수 없는 데다 반나절 정도로는 전지가 떨어지지 않는다는 건 전지의 용량도 역시 크다는 뜻인가요?"

"아니, 전지 자체의 출력은 그렇게 크지 않아. 그보다 센서나 무전기 쪽의 전력 절약이 뛰어나. 전지 역시 물론 화학 전지가 아니라 직접 전자를 가두는 물리 전지이니까 현재 우리가 쓰는 그런저런 전지보다 훨씬 고성능인 건 분명하지만."

안 선생을 힐끗 보고 쇼헤이는 다시 한번 질문했다.

"안 선생님의 경차 배터리도 일반적인 화학 전지가 아닌가요?"

마세는 안을 보며 즐겁게 웃었다.

"신참치고는 머리 회전이 괜찮은데."

마세는 쇼헤이에게 시선을 되돌렸다.

"좋은 질문이야. 왜 그렇게 생각했지?"

"안 선생님의 차 배터리는 시동을 걸지 않고 밤새 전기를 켜도 나가지 않아요. 생각할 수 있는 이유는 두 개. 이쪽이 모르는 사이에 어디에 코드를 연결했거나, 아니면 보통 크기 배터리의 용량이 보통보다 훨씬 크거나. 안 선생님의 차 배터리는 우주인의 배터리인가요?"

"내가 대답해도 돼?"

쇼헤이를 마주 본 채 마세는 안에게 물었다. 안은 고개를 끄덕였다.

"그렇게 해."

"그래. 안의 차 배터리는 주변에서 산 지구 생산품이 아냐. 질문에 대한 대답은 이걸로 되겠니?"

"……지구의 자동차에 실을 수 있는 12볼트 배터리를 어디에서 가져온 거예요?"

"어디서라."

마세는 과장된 몸짓으로 생각에 잠겼다.

"어려운 질문이로군. 그야 우리 창고에 옛날부터 있던 걸 대충 가져와 쓸 수 있게 이곳저곳 손질했을 뿐 어디에서 왔는지는 잘 몰라. 그게 들어 있던 나무 상자에는 먹으로 다이쇼 12년(1923)이라고 적혀 있었지만."

"다, 다, 다, 다이쇼 12년?!"

마사키가 얼빠진 소리를 질렀다. 마세는 고개를 끄덕였다.

"아무래도 쇼와 시대가 된 다음 쓸 수 있게 여러모로 손질한 흔적은 있었지만, 안정적으로 전기를 뺄 수 있게 된 건 2차 대전 이후라고 해. 한동안은 전기료 절약을 위해 이 교사의 전선에 연결되어 있었지만 최근에 전력도 약해지기 시작했어. 하지만 차에서 쓰는 정도라면 문제없어서 안의 차에 실었지. 만약 무슨 일이 생겨도 실내에 두는 것보다 밖에 있는 편이 피해를 최소한으로 할 수 있으니까."

"어떤 원리예요?! 충전은 못 하나요?"

"여름과 겨울에 전압이 미묘하게 달라서 빛이나 열을 전하로 바꿔 모으는 광열전지일 거라고 추측하고 있어. 상세한 원리에 대해서는 우주인한테 물어봐 줘."

마세는 씩 웃었다.

"오랫동안 하다 보면 이쪽의 이론도 이래저래 발전하니까 분자 회로 수준의 양자 트랩으로 전자 자체를 모으는 것까지는 감을 잡았어. 하지만 원리를 알았다고 분해해서 복제나 하물며 양산은 못 해. 그래서 원래는 항성간 우주선의 배터리일지도 모르지만, 현재의 지구에서는 언젠가 전기가 다할 때까지 마법의 전지로 쓰는 정도밖에 못 한다는 거야."

"항성간 우주선은 뭐예요?!"

"마사키, 시끄러워."

"즉 우리가 상대하는 건 그런 마법 같은 전지를 마음대로 쓸 수 있는 무리였다는 뜻이야."

안은 학생들의 얼굴을 둘러봤다.

"그 밖에 지금 묻고 싶은 건 없어?"

다시 한번 얼굴을 마주 보고 나서 쇼헤이는 손을 들었다.

"혹시 괜찮으면 우리 창고라는 걸 견학할 수 있나요?"

이와미 대학은 이와에서 교외에 광대한 캠퍼스를 가진 공립 대학이다. 근처에 미노야마 천문대가 있고, 눈앞에 태평양이 펼쳐져 있는 환경을 살려 천문학, 지구과학, 해양과학 방면에 힘을 쏟고 있다. 과거에는 구 제국대학과 나란한 능력이 있었다고 하지만, 현재 그 위광은 캠퍼스 곳곳에 있는 오래되고 묘하게 공들인 면이 있는 연구동의 건축 양식에 남아 있을 뿐이다.

마세는 조수석에 안을, 접이식 벤치 시트가 좌우로 설치된 뒤쪽에 천문부원 네 명을 태우고 군용 도장이 그대로 남은 투박한 오픈톱 사륜구동차로 구내 뒷산 길을 올라갔다.

산길 주변은 손질도 제대로 되지 않은 원시림이었다. 차폭이 아슬아슬하고 포장도 되어 있지 않아서 가끔 차체에 걸릴 만큼 풀이나 나뭇가지가 자라 낮에도 어두운 산길을 지붕도 없는 오픈톱 사륜구동차는 상당한 페이스로 달려갔다.

"우리 대학 보호림이야. 멧돼지나 곰 정도는 당연히 있어서 물론 무단출입은 금지되어 있어."

설명하며 마세는 핸들을 꺾었다. 얼핏 길로 보이지 않는 잡초 투성이의 좁은 길로 들어가 울창한 원시림을 가르며 나아갔다.

짐승길을 달린다기보다는 밀어젖히고 마세는 사륜구동차를 세웠다. 눈앞에 잊힌 것처럼 검고 녹슨 높다란 철망 문이 있고, 꼼꼼하게 둘러진 쇠사슬이 거대한 자물쇠로 고정되어 있었다.

문을 열고 운전석에서 내린 마세는 백의 주머니에서 열쇠꾸러미를 꺼내 자물쇠를 열었다. 엄중하게 둘러쳐진 굵은 쇠사슬을 문기둥에서 빼기 시작했다.

"차 움직일까?"

조수석에 앉은 안이 말을 걸었다.

"부탁해."

쇠사슬을 다 뺀 마세는 전력을 다해 철망 문을 열었다. 자랄 만큼 자란 잡초를 헤치고 사륜구동차가 지나갈 수 있을 만큼 열었다.

조수석에서 운전석으로 옮긴 안이 기어를 넣고 사륜구동차를 천천히 출발시켰다. 철망을 지나 다시 한번 정차했다.

철망 달린 문을 닫은 마세가 쇠사슬로 문기둥을 두르고 돌아왔다.

"실수로라도 밖에 내놓을 수 없는 것뿐이라서 그리 쉽게는 들어갈 수 없는 곳에 보관하고 있어."

조수석으로 돌아간 안을 대신해 운전석에 앉은 마세는 다시 사륜구동차를 달려나갔다. 커브를 꺾으면 나름대로 바퀴 자국이 보였던 산길과 달리 이쪽 길은 풀에 거의 뒤덮여서 분별하기도 어려웠다. 주행 페이스도 걷는 정도로 느려졌다.

"이런 산속에 두면 불편하지 않아요?"

뒷좌석에서 쇼헤이가 물었다. 핸들을 꺾으며 마세는 대답했다.

"군의 구 탄약고였던 곳이야. 여기라면 정체도 알 수 없는 우주인의 기계가 만약 대폭발을 일으켜도 그 피해를 최소한으로 줄일 수 있어."

마리아는 눈살을 찌푸렸다.

"폭발한 적 있나요?"

"공식적인 기록에 남아 있는 한 없어."

에두르는 말투로 마세는 대답했다.

"하지만 더 성가시게 될 것 같은 장소라면 있어."

"네?"

사륜구동차의 앞에 두 번째 철망이 나타났다. 마세는 운전석에서 내리고 안이 조수석에서 운전석으로 옮겼다.

앞서 지나친 문과 같은 자물쇠를 열고 쇠사슬을 풀자 안은 사륜구동차를 몰고 문을 통과했다.

"그래서 이 문도 철망도 잊힌 척을 하면서 숨긴 카메라와 센서로 24시간 감시하고 있어. 폼이 아니라 위험해서."

다시 마세가 운전석으로 돌아왔다.

"성가신 일은 뭐예요?"

"이 앞에 출입 금지 구획이 있어."

저단으로 천천히 사륜구동차를 몰면서 마세는 말했다.

"옛날 일이라서 자세히는 모르지만, 아무래도 의문의 원반의 엔진 작동 실험을 하려다 실패한 모양이야."

"뭐라고요?!"

"옛날 일이라 자세한 기록도 남아 있지 않고, 여러 신기축의 계측 수단이든 기계든 완성될 때마다 측량과 재조사가 실시됐지만 아직까지도 무슨 일이 일어났는지 모르는 모양이야. 뭐, 이론도 에너지원도 풀리지 않은 초광속용 같은 엔진을 지상에서 억지로 움직이게 하면 시간이나 공간에 이런저런 불량이 생겨도 무리는 아닌 것 같은데."

"시간이나 공간에 불량이라니, 구체적으로 뭐가 어떻게 됐어요?!"

"그걸 알면 우리 대학도 지구의 물리학회도 고생 안 하겠지."

마세는 차를 세웠다. 백의 왼쪽 소매를 걷고 낡은 크로노그래프 스톱워치를 작동시켰다.

뭔가 있나 싶어서 뒷좌석에 앉은 천문부원 네 명은 주위를 둘러봤다.

마리아가 발견했다.

"사당?"

사륜구동차 오른편에 금줄로 보호받는 작은 사당이 울창하고 무성한 잡초에 파묻혀 서 있었다.

"그래."

운전석의 마세가 오른편의 참배도도 보이지 않는 작은 팔작지붕 구조의 사당으로 힐끗 시선을 보냈다. 구리로 만들어진 버섯 지붕은 완전히 녹청으로 물들어 있었다.

"유리, 내력, 그 외 전부 불명. 이 주변이 이상해지기 전부터 있었는지 있지 않았는지도 몰라."

"뭘 하시는 거예요?"

뒷좌석에서 쇼헤이가 운전석을 들여다봤다. 마세는 손목시계에서 눈을 들지 않았다.

"길이 이어지기를 기다리고 있어."

"……뭐라고요?"

"뭐가 어떻게 됐는지는 아까부터 말했듯이 전부 불명이지만, 저 사당 앞에서 1분 20초 기다리지 않으면 이 앞으로 나아갈 수 없어."

"나아갈 수 없어?"

쇼헤이는 묘한 얼굴을 했다.

"어째서요? 억지로 가면 어떻게 돼요?"

"원래대로 돌아와. 산속에 길을 헤매게 하는 요괴가 있을 거야. 모래뿌리기나 들여우 같이 길을 잃게 만드는 신처럼. 이걸 무시하고 가면 아까 닫고 온 철망까지 돌아가."

"네에에?"

"덕분에 수상한 사람의 불법 침입 대책은 되지만, 시간과 공간이 이상해진 산속을 나아가야 하는 건 뭐, 좋은 기분은 아냐."

손목시계에서 얼굴을 들고 마세는 차의 앞뒤를 바라봤다.

"반드시 초자연현상이 일어나는 곳은 국내에서도 귀중하지만, 현재 무슨 일이 일어나고 있는지에 대해 지구 인류의 이해를 확실히 뛰어넘었다는 그 한 가지 점 때문에 정말 위험한 곳은 영구 출입 금지로 지정되어 있어. 우리의 지적 수준이 올라가는 경우라도 있으면 어그러진 시간과 공간을 원래대로 되돌리고 출입 금지를 푸는 일도 있을지도 모르지만."

스톱워치를 멈추고 마세는 기어를 중립에서 1단으로 넣었다. 투박한 블록 타이어로 잡초를 밟고 사륜구동차가 천천히 움직이기 시작했다.

차도 제대로 다니지 않는 산길을 한동안 나아가자 세 번째 철망이 나왔다. 아까와 마찬가지로 녹슨 쇠사슬이 자물쇠로 고정되어 있었다.

운전석에서 내린 마세는 열쇠 꾸러미로 자물쇠를 열고 쇠사슬을 풀었다. 철망 안쪽에도 원시림이 이어져 있었다.

짐승길 같은 작은 길을 헤치고 들어가자 원시림 저편에 적갈색 벽돌벽이 보였다.

"탄약고였을 때는 간이 포장이라고는 하나 콘크리트 길도 있었지만, 전쟁이 끝나고 방치됐어. 이런 성가신 일이 있을 때 창고로 쓰자는 얘기가 나와서 몇 년 만에 열어보니 포탄이며 폭탄이 죄다 나와서 자위대에 인수됐다고 해."

언덕을 디근 자 반대로 깎아 세운 오래된 벽돌벽이 있었다. 안쪽에 부식 방지액의 붉은색이 모두 바래서 희끄무레해진 쌍여닫이 대문이 있었다.

양쪽 벽돌벽에는 작은 창문도 있지만 이쪽도 철문으로 막혀 있었다. 둥근 언덕의 일부를 깎은 듯한 구조지만, 주변에도 언덕 위에도 제대로 손질도 되지 않은 원생림이 울창하게 우거져서 어디까지가 과거의 탄약고이고 어디까지가 자연 그대로인지 알 수 없었다.

엔진을 멈추고 마세는 사륜구동차에서 내렸다. 백의 주머니에서 꺼낸 열쇠 꾸러미에서 철문의 커다란 열쇠 구멍에 막대 열쇠를 질러 넣고 달각거리기 시작했다.

"얼른 내려."

조수석에서 잡초를 밟으며 내린 안이 뒷좌석에 탄 천문부원에게 말을 걸었다. 불편한 듯이 얼굴을 서로 보고 나서 안전벨트도 없는 마주 보는 벤치 좌석에서 네 명이 일어섰다.

녹슬어 무거운 소리를 내며 마세가 탄약고의 큰 문을 열었다 어둡다고 생각했던 안에서는 빛이 새어 나왔다.

"전기가 들어오고 있는 건가요?"

쇼헤이가 오른쪽만 열린 큰 문 사이로 안을 들여다봤다.

"방치돼 잊힌 것처럼 보이는 건 그렇게 꾸며져 있기 때문이야."

열쇠 구멍에서 막대 열쇠를 빼고 마세는 큰 문 안쪽으로 발을 내디뎠다. 안쪽에는 두꺼운 철 벨트와 못으로 보강된 장갑판 같은 문이 또 있었다.

"보안 수준은 우리 대학 구내보다 높아. 정체불명의 위험물만 보관되어 있거든."

장갑판 문의 한가운데에는 거대하고 둥근 핸들이 달려 있었다.

"왠지 흉흉하네요."

들여다본 마사키가 솔직한 감상을 말했다.

"남자들은 좀 도와줘."

핸들에 손을 댄 마세가 말했다. 쇼헤이와 마사키가 핸들에 달라붙었다.

"반시계방향이야. 간다!"

소리를 맞춰 힘을 싣자 톱니바퀴가 맞물리는 묵직한 소리가 들렸다. 핸들을 돌리는 손에 힘을 실은 채 쇼헤이가 물었다.

"금고실처럼 금속 봉이 맞물리는 구조인가요?"

"잘 아는군. 내폭 구조라 안에서 뭔가 폭발해도 위로 빠져나가는 구조로 되어 있어. 좋아, 이제 됐어."

핸들에 손을 대고 마세는 두터운 문을 열었다. 잠금만 해제하면 스프링으로 지탱되는 문의 개폐에는 그렇게 힘이 필요하지 않았다.

내부는 트러스 구조의 높은 천장까지 몇 겹이나 되는 커다란 선반이 벽을 따라 쌓인 창고였다. 중앙 부분은 크게 뚫려 있고, 나무 상자나 케이스나 컨테이너가 쌓인 큰 선반도 반 이상 비어 있었다. 선반 옆에 높은 알루미늄 사다리가 덩그러니 서서 인공적인 빛을 받고 있었다.

쇼헤이는 먼지와 흙냄새가 뒤섞인 내부의 공기를 마시며 창고 안을 둘러봤다.

"……뭐가 들어 있나요?"

"대학 창설 이래 모은 정체불명의 잡동사니, 방위군 관련해서 반입되는 현 지구 인류의 지식으로는 어쩔 수 없는 우주인과 관련된 것으로 보이는 오파츠, 없던 일로 하는 편이 세계 평화에 도움이 될 마법 아이템이나 쓰면 반드시 쓸데없는 일이 일어나는 저주받은 불가능 물체 같은 게 있어."

"들어가도 되나요?"

"그래."

마세는 초대하듯이 창고로 손끝을 향했다.

"다만 여기서부터는 안전을 보장할 수 없어. 영어로 말하는 오운 리스크(own risk)야. 안에서 무슨 짓을 할 거라면 무슨 일이 일어나든 끝까지 책임질 생각으로 해줘."

문을 지금 연 마사키와 뒤에 선 마리아, 유미의 얼굴을 보고 나서 쇼헤이는 자신부터 창고에 발을 디뎠다. 완전히 거칠거칠한 시대물인 콘크리트 바닥에 나사못과 작은 돌이 굴러다니고 있었다.

들어가서 바로 옆 선반에 빛을 내는 판이 세워져 있었다. 쇼헤이는 왠지 낯이 익어서 그것을 쳐다봤다.

쇼헤이가 그 정체를 떠올리는 데는 잠시 시간이 걸렸다.

"뭔지 알겠어?"

나중에 창고로 들어온 마세가 물었다. 그것은 길쭉하고 얇은

판 같은 형태를 한 조명이었다. 한쪽 면의 투명하게 보이는 커버를 통해 흰빛이 방사되고 있는 것을 알 수 있었다.

"미카지마네 집에 있던 조명인가요?"

"정답이야. 만져봐도 돼."

그 말을 듣고 쇼헤이는 조심스레 빛을 내는 그 표면에 손을 가까이했다. 때리듯이 손끝만 건드려봤다.

"어……?"

이번에는 손끝을 빛내는 표면에 대봤다. 쇼헤이는 멍하니 중얼거렸다.

"안 뜨거워……."

쇼헤이는 얼굴만 돌리고 물었다.

"반딧불 같은 냉열 발광인가요?"

"아냐."

마세는 쓴웃음을 지으며 고개를 저었다.

"지구상에도 있는 축광 물질이야. 다만 효율이 터무니없이 높아."

마세는 흰빛을 내는 판에 눈길을 줬다.

"날이 밝은 동안 흡수한 빛을 열두 시간 늦게 다시 방사해."

"슬로 유리?!"

"어린데 잘 아는군."

마세가 즐거운 듯이 말했다. 마사키와 마리아가 묘한 얼굴을 했다.

"슬로 유리는 뭐야?"

"투과하는 빛의 속도를 수억 분의 1이나 수조 분의 1로 감속하는 유리예요."

유미가 작은 목소리로 대답했다. 마리아가 고개를 갸웃거렸다.

"그게 뭐야? 어디에 써?"

"창유리로 끼우면 몇 시간 전이나 몇 년 전의 풍경이 보여요."

"와아……."

"아니, 그런 비싼 게 아냐."

마세는 손을 저었다.

"슬로 유리라면 흡수한 빛을 거의 백 퍼센트 방출하겠지만, 이 건 낮 동안 닿은 빛의 거의 10퍼센트를 방사할 뿐이야. 하지만 실 내조명으로 쓴다면 그래도 충분히 도움 되지."

"으햐햐."

영문을 알 수 없는 소리를 내고 쇼헤이는 기대진 빛나는 판을 다시 쳐다봤다. 그 주위로 고개를 돌렸다.

"다른 샘플은 없나요? 유미네 집 자재를 남김없이 전부 방위군 이 가져가 분석 중이라고 들었는데요."

"집 한 채 분의 자재를 전부 가져오면 여기가 순식간에 차버려."

마세는 작은 체육관 정도는 되는 창고 안 공간으로 고개를 돌 렸다.

"우주인이 이런 일에 쓸 자재는 대개 지구상의 원소에서 합성 한 소재에 목재나 석재, 콘크리트 같은 표면의 결을 붙여 그것처 럼 보이게 하는 대용품이야. 자연에 존재하지 않는 조성이라 대 개 강하고 가볍고 화학 변화도 경년(經年) 열화도 하지 않지만, 그 것만으로 일단 분석도 되고 이해할 수 없는 소재인 것도 아니니까 여기에는 두지 않아.”

쇼헤이는 흥미로운 얼굴로 창고 안을 이리저리 둘러봤다. 선반에는 큰 것부터 작은 것, 새로운 것부터 오래된 것, 나무 상자, 종이 상자, 알루미늄 케이스나 공구함, 탄약 상자, 가방이나 캐리어 등 모든 수납물이 잡다하게 박혀 있었다.

나무통이나 병, 항아리 같은 것이 진열된 구획도 있고, 원래 모양도 알 수 없어진 낡은 보따리나 캔버스 재질의 천 꾸러미가 모여 있는 선반도 있었다. 어느 것이나 판별하기 어려운 글자가 적혀 있거나 메모지 같은 것이 묶여 있어서 최소한의 관리는 시행되고 있는 듯했다.

“어때?”

마세는 쇼헤이에게 말을 걸었다.

“열어서 안을 보고 싶은 거라도 있어?”

“그게 말이죠.”

쇼헤이는 부끄러운 듯한 웃음을 띠고 마세에게 몸을 돌렸다.

“안 선생님의 차 배터리로 우주인의 마법 아이템을 쓰는 정도니 창고 안을 찾으면 더 편리한 것들이 있지 않을까 생각했는데, 설마 이렇게 잔뜩 있을 줄은 몰랐어요.”

헛기침을 하고 마세는 그럴듯한 표정을 지었다.

“방위군도 우리 연구실도 항상 인재를 구하고 있어. 아까도 말한 대로 여기는 들어오기만 해도 무슨 일이 일어날지 몰라서 누구도 안전을 보장할 수 없는 장소이고, 뭘 어떻게 하면 좋은지, 애초에 정체가 뭔지도 모르는 것만 놓여 있어. 네가 자기 목숨이나 신체의 위험도 무릅쓰고 그 연구를 하고 싶다면 가능한 범위에서 협력할게."

"네에, 감사합니다."

영혼 없는 대답을 하고 쇼헤이는 다시 한번 창고 안을 둘러봤다.

"쓸 수 있느냐 없느냐를 확인하는 것만으로도 목숨을 걸어야 하나. 더 알기 쉽게 정리돼 있을 줄 알았는데 이렇게 잔뜩 있을 줄이야……"

"여기에 있는 건 당분간 놓아둬도 그렇게 위험하지 않다고 판단한 것뿐이지만 그래도 옮겨진 건 반세기 이상, 에도 시대나 더 옛날 것도 있고 제조 연대만이라면 탄소 측정으로 수만 년 전이라서 현생 인류 발상 이전의 숫자가 박힌 것도 있었을 거야."

마세는 뒤를 따라온 천문부원들을 쳐다봤다.

"어떡할래? 너희가 조사해도 돼. 아아, 걱정하지 마. 무슨 짓을 할 생각이라면 비디오를 켜줄 테니까 뭔가 하는 중에 폭발하거나 사라져도 최소한의 기록은 남아."

마세는 씩 웃었다.

"너희의 고귀한 희생은 헛되지 않아."

"네에."

쇼헤이는 거북한 얼굴의 동급생들을 봤다.

"저기, 참고로 목록이 있으면 보고 싶은데요."

"없는 건 아닌데."

마세는 면목 없다는 듯이 양손을 들었다.

"상자와 기재된 글자를 사진으로 기록한 노트 정도밖에 없어."

마세는 입구 옆 선반에 쌓인 파일과 노트 더미를 가리켰다.

"가능하면 1년에 한 번은 상자의 내용물을 확인하고 세월에 따른 변화를 기록하고 싶지만, 물건이 물건인 만큼 깜짝 상자처럼 열기만 해도 어떻게 되는 것도 섞여 있을지도 몰라. 어지간히 호기심 많은 사람이 차분히 조사할 기회라도 있지 않으면 여기에 있는 건 특별히 이상이 일어나지 않는 한 방치돼."

마세는 천문부원들의 얼굴을 둘러봤다.

"이봐, 의논을 해보고 싶어서 하는 말인데, 만약 여기에 있는 걸 조사하고 싶다면 상자를 열고 안의 사진을 찍어서 무엇이 있었는지 기록해줘. 아르바이트비는 줄게."

"그건 감사한 말씀인데요."

쇼헤이는 우물대며 대답했다.

"그 아르바이트비는 자칫하면 어떻게 될 생명에 상응하는 만큼 주시나요?"

"물론이지. 위험수당이 듬뿍 있어. 그치, 안?"

"수취인은 너희가 아니겠지만."

쇼헤이는 담임 여교사와 대학 조교수의 얼굴을 찬찬히 둘러봤다.

"그럼 적어도 지금 여기서 여러 가지를 보는 것 정도는 같이 해주실래요?"

안은 의외라는 듯이 마세와 얼굴을 마주 봤다. 마세는 얼른 받아들였다.

"상관없어. 기대하는 거라도 있어?"

"네, 기대가 되는지 되지 않는지는 알 수 없지만 시험해보고 싶은 게 하나 있어요."

쇼헤이는 유미에게 손을 들어 손짓했다.

"저 말인가요?"

"그래. 이 안을 훑어보고 뭐든 좋으니까 본 기억이 있거나 알지도 모르는 거나 알 수 있을 것 같은 기계가 있으면 가르쳐줄래?"

유미는 곤란한 얼굴로 선반이 늘어선 커다란 창고를 둘러봤다.

"하지만 저는……."

"네가 우주인에게 뭘 배우고 뭘 배우지 않았는지 자신도 모르는 건 알고 있어."

쇼헤이는 다 안다는 얼굴로 고개를 끄덕였다.

"여기서부터는 추측할 수밖에 없지만, 우주인이 보내는 에이전트에게 인스톨하는 지식은 어느 정도는 패턴화되어 있을 것 같아. 지구가 어떤 상황인지는 우주인도 어느 정도 알고 있고, 어떤 때에 어떤 지식이나 기술이 필요해지는지도 예측할 수 있으니까 그 정도는 유미에게도 가르쳐주지 않았을까?"

그 말을 듣고 유미는 자신의 양손을 펼쳤다. 손을 펴거나 오므렸다.

"그런 것 같지 않은데요."

"그야 지금은 뭔가를 해야 하고 배운 것을 떠올려 실천해야 하는 막다른 상황이 아니니까. 하지만 위기 상황이 되지 않아도 도구나 기계를 보면 그게 어떤 때 쓰이는 도구인지 알 수 있을지도 몰라."

쇼헤이는 마세에게 시선을 옮겼다.

"지금까지 그렇게 한 적은 있나요?"

마세는 즐거워 보이는 얼굴로 고개를 저었다.

"유감이지만 지금까지 미카지마 유미 양 같은 상황에서 우리에게 협력해준 사람은 없어. 흥미로운 접근이야. 하지만 여기에 있는 건 새로운 것이라 해도 최근 1세기 가까이 넘어가는 것이고, 우주인에게도 기술 혁신이 있고 또한 이쪽의 이물을 지구로 가져온 우주인도 단일 종족이 아니라 다수라고 추측하고 있어. 그녀를 보낸 우주인이 과거에 다른 종류의 기재를 지구에 두고 갔을 확률이 어느 정도 될까?"

"지금부터 눈앞에서 확인할 수 있어요."

선반을 둘러보는 유미의 시선을 좇으며 쇼헤이는 말했다.

"도움이 되지 않는다면 도움이 되지 않아도 됩니다. 적어도 예비지식이 전혀 없는 저희가 닥치는 대로 선반 안의 장난감 상자를 뒤엎는 것보다는 훨씬 기대할 수 있어요."

"기대하지 마세요."

작은 목소리로 유미가 항의했다.

"아무것도 모를 것 같아요."

"왼쪽 안쪽 선반부터 시작해줘."

마세는 앞장서서 걸어 나갔다.

"최근 습득물은 그 부근에 모여 있어. 이 주변에 있는 건 오래되고 큰 물건뿐이야. 아직 젊은 너희가 볼 거라면 먼 옛날 게 아니라 지금 게 더 낫겠지."

"어떻게 될 거 같아?"

안이 작은 목소리로 마세에게 물었다.

"미카지마 유미뿐만 아니라, 뭘 아는지 확인할 확실한 방법은 없어."

마세는 대답했다.

"마법 같은 기술을 얼마든지 가지고 있는 우주인이라면 몰라도, 그녀가 뭘 알고 뭘 모르는지 지금의 지구 인류는 알 수 없어. 어차피 인류와 똑같은 클론을 어떻게 만들었는지, 만들어진 몸이 텅 비었는지 아니면 처음부터 여러 가지가 들어 있는지, 뇌 안의 지식이나 신경을 어떻게 교육하거나 조정했는지조차 불명이야. 그리고 우리는 본인이 아는지 모르는지도 알 수 없는 지식까지 확인할 방법은 가지고 있지 않아."

마세는 유미에게서 안에게 시선을 돌렸다.

"너희 집에서도 그녀를 다루는 데 이래저래 고생하고 있는 거 아냐?"

"그게 그렇지도 않아."

안은 유미에게 시선을 보냈다.

"클론으로 만들어져서 보이는 대로의 나이가 아니라는 진단이 올바르다면 일상생활의 경험치가 상당히 부족할 테고, 사실 처음에는 잠옷인 유카타를 입는 법 하나 몰랐어."

"저 애한테 유카타를 입혔어? 파자마가 아니라?"

"우리 집은 그런 오래된 것만 잔뜩 있잖아. 그리고 어차피 입는 법부터 가르쳐야 한다면 유카타든 파자마든 마찬가지야."

"그야 그렇지만, 잠버릇에 따라서는 큰일 나지 않을까 해서."

"났어. 하지만 입는 법도 고치는 법도 바로 배웠고, 일상생활 전반도 가르치면 가르친 만큼 바로 배워 그대로 해. 저렇게 기억력이 좋은 학생은 처음이야."

"그야 우주인이 무슨 일이 일어날지 모를 다른 별에 임무를 줘서 보냈으니까 뇌에 여러 가지를 설치할 뿐 아니라 체력과 신경도 최대한 조정할 테고, 실제로 근력과 신경도 평균보다는 발달했다는 진단 결과가 나왔다잖아."

"신경도 근육도 안 쓰면 순식간에 쇠퇴해."

안은 고개를 저었다.

"그리고 아무리 신경과 근육을 발달시켰다 해도 쓰는 법을 모르면 일반인과 똑같아. 건강 검진뿐만 아니라 운동 능력 테스트도 받았고, 나쁜 결과는 아니었지만 전국 대회에 나갈 수 있을 정도도 아니었어."

"본인이 대충 한 거 아냐?"

"그렇게까지 연기를 잘한다면 유미도 우주인도 그렇게 고생하지 않겠지."

"왠지 수수께끼의 비밀 창고보다는 의욕 없는 고도구실 같은 느낌이네요."

유미는 낡은 고리짝이나 가죽 트렁크, 완전히 바랜 신문지 꾸러미 등이 쌓여 있다기보다 처박혀 있는 먼지투성이의 낡은 철제 선반 줄을 이곳저곳 바라봤다.

"망한 가게라고 해야 하나 아케이드의 셔터 안이라고 해야 하나."

"쓸데없을지도 모르지만 일단 들어보자."

휴대 단말기를 꺼내 동영상 촬영을 개시한 쇼헤이가 유미에게 향했다.

"이 상태로 감이 오는 게 있어?"

유미는 곤란한 얼굴로 꾀죄죄한 철제 선반에 들어찬 가방이나 종이봉투, 당장이라도 끊어질 듯한 끈으로 묶여서 살짝 찌그러진 종이 박스로 시선을 돌렸다.

"내용물도 보여주지 않고 무슨 소리를 하는 거야."

마리아가 수상하다는 듯이 휴대 단말기를 한 손에 든 쇼헤이와 유미를 번갈아 봤다. 쇼헤이는 휴대 단말기 카메라를 선반으로 향했다.

"아니, 우주인이 하는 일이니까 어쩌면 곁으로 다가가기만 해도 텔레파시나 뭔가로 말을 거는 기계가 있을지도 모른다고 생각해서."

"진심으로 하는 소리야?"

"프라모델 상자에 그림이나 글자가 쓰여 있거나 상품 패키지의 효능서도 똑같은 거라고 생각하는데"

"만약을 위해서 말해두겠는데."

조금 떨어진 곳에서 이쪽 역시 자료로써 휴대 단말기로 동영상 촬영 중인 마세가 말을 걸었다.

"여기에 놓여 있는 것 중에서 항상 전자파나 적외선이나 음파 등 뭔가를 일으키는 건 없어."

"조사했구나."

쇼헤이는 중얼거렸다.

"당연하지. 어떻게 봐도 평범한 랜턴인데 기름도 아무것도 없이 빛을 계속 낸다거나 전지도 없이 특정 주파수의 헤르츠를 계속 발하는 어떤 부품이나 특정 방향으로만 방사선을 계속 내는 반감기 불명의 미지의 방사선 원소 같은 걸 아무런 힌트 없이 조사해보고 싶어?"

쇼헤이와 마리아는 맥 빠진 얼굴로, 유미와 마사키는 제대로 이해하지 못한 채 얼굴을 마주 봤다. 쇼헤이는 크게 손을 저었다.

"당치도 않아요, 일단 현 상황에 그런 위험물이 없다는 사실을 안 것만으로 충분해요"

선반으로 휴대전화를 향하고 쇼헤이는 마세를 봤다.

"그럼 위험물은 어느 쪽에 있어요?"

"여기에는 없어."

마세는 냉정했다.

"위험하다고 본 물건은 우리 같은 대학이 아니라 중앙 연구소나 자위대 기지나 미군 기지나 극비 시설 같은 곳으로 옮겨져. 특히 위험해 보이는 건 반경 수 킬로미터가 날아가도 문제없는 외국의 사막 안이나 절해고도 같은 곳에서 감시 연구 대상이 돼. 그런 데 흥미 있는 거야?"

"닳지 않는 골동품 배터리와 같이 달린 것만으로도 꽤 두근거렸다고 생각하는데요."

쇼헤이는 휴대전화의 화면을 터치했다.

"좋아, 그럼 이 주변부터 시작해볼까."

가깝고 잡기 쉬운 곳에 있었다는 이유만으로 쇼헤이는 간격 넓은 선반의 하단에 수납된 오동나무 상자에 손을 댔다.

"마리아, 촬영 부탁해. 마사키, 도와줘."

"알았어."

촬영 중인 휴대 단말기를 마리아에게 넘기고 쇼헤이는 마사키와 둘이서 선반 아래쪽에서 오동나무 상자를 끄집어냈다.

"안에서 뭐가 어떻게 하고 있을지 모르니까 천천히 조심스레 열자."

"나도 알아."

오동나무 상자를 통로 중앙에 놓은 쇼헤이는 상자 표면을 검사했다. 라벨도 주의서도 아무것도 없었다.

"열어도 될까요?"

마세에게 물었다. 조금 떨어진 곳에서 마세는 고개를 끄덕였다.

"그렇게 위험한 건 없을 테지만 신중하게 부탁해."

"그럼 실례하겠습니다."

쇼헤이는 오동나무 상자의 뚜껑에 손을 댔다. 자물쇠도 아무것도 없는 뚜껑은 간단히 열렸다.

안에는 주름투성이인 전통 종이가 들어 있었다. 다시 한번 마세의 얼굴을 보고 쇼헤이는 종이를 제거하기 시작했다.

"노트가 나왔어요."

낡은 대학 노트를 촬영 중인 마리아를 경유해 마세에게 건네고 종이를 더 제거했다. 마사키가 목소리를 높였다.

"우와아, 일본 인형이 나왔어?! 뭐야 이거?!"

"어, 잠깐만."

마세는 인형을 싸고 있던 종이에서 나온 낡은 대학 노트를 팔락팔락 넘겼다.

"옛날에는 걸어 다니며 말을 했나 봐. 이름은 마리코, 우주인의 빙의체였다는 게 후세의 추측이야. 우주인이 떠나고 난 다음에는 조금도 움직이지 않게 되고 그때부터는 아무리 조사해도 평범한 전통 인형이었지만, 언제 또 움직일지도 몰라서 보존하고 있는 게 으음, 이 날짜부터 따지면 이래저래 20년 전이야."

옆의 커다란 사과 박스에서는 구식 라디오가 나왔다.

"이건 먼 옛날 진공관 라디오? 인가요?"

"보기에는 그렇지만 안의 회로가 개조돼서 지구의 부품과 우주인의 오파츠의 하이브리드가 됐다고 해."

청사진을 복사한 회로도와 서툰 메모지를 비교해가며 마세는 말했다

"수신 주파수대가 크고 넓을 뿐만 아니라 송신도 할 수 있도록 개조된 것 같지만, 안에 무슨 수를 써도 정체불명의 블랙박스가 있어서 미래 조사 기술의 향상을 기대하고 있다더군."

"그런 무책임한 소리를."

"희망적 관측을 포함해서 초광속 통신기의 가능성이 있다고 해. 이중 마이크로 블랙홀의 자이로로 공간 구조를 비틀고 물리법칙을 속인다나 어쩐다나."

"그런 위험한 게 이런 곳에 있어도 되나요?!"

"AC 100볼트의 전원에 연결하지 않으면 동작하지 않아서 안전하대."

"블랙홀은 가정용 AC 전원으로 어떻게 되는 거였어요?!"

"블랙홀이라니 거창하게 들리지만, 그 실체는 아마 본체가 콤마 그램 이하의 마이크로 블랙홀이기 때문일 거야. 이런저런 꼼수를 부려서 고정만 할 수 있으면 어떻게든 되지 않을까? 잘 모르지만."

꺼내기 쉬운 상자나 종이봉투를 끄집어내 가택 수사 같은 조사를 계속했다.

"왠지 녹슨 단도로밖에 보이지 않는 게 나왔네요."

"아, 플라이스토세의 지질에서 출토됐다고 해. 완전히 오파츠로군."

"이쪽 권총은 어떻게 봐도 구 일본군의 남부식 권총으로밖에 보이지 않는데요, 진품인가요?"

"진짜 권총?!"

익숙하지 않은 손놀림으로 구깃구깃한 기름종이 속에서 가느다란 자동 권총을 꺼낸 쇼헤이를 보고 안이 소리를 질렀다.

"여기에 놓아뒀다는 건 만졌다고 해서 그리 간단히 오발이 나거나 폭발하는 게 아니라는 거니까 괜찮아."

마세는 방아쇠에 손가락을 걸지 않고 자동 권총을 이리저리 뜯어보고 있는 쇼헤이와 그것을 주위에서 들여다보고 있는 학생들을 재미있다는 듯이 바라봤다.

"음, 군의 옛 장비가 아니라 우주인이 두고 간 선물이나 잔류물이라고 해. 외양은 당시의 권총과 비슷하게 만들어졌지만 목격자에 의하면 광선총이었다더군."

"광선총이라고요?"

쇼헤이는 하마터면 남부식 자동 권총을 떨어뜨릴 뻔했다.

"겉보기만큼 무겁지 않아서 장난감인 줄 알았는데."

"다만 목격 정보뿐이야. 이쪽에 회수되고 나서는 뭘 어떻게 해도 분해하지 못하고 방아쇠든 뭐든 움직이지 않았고, 일부분을 깎아 성분 분석을 하려 해도 깎이지 않아서 정체불명인 채 조사를 종료했다더군."

"하지만 손잡이에 나사 같은 게 있어요."

"모양뿐이야. 자세히 보면 알 수 있는데, 금속 총신도 목제 손잡이도 그걸 고정하는 나사도 그럴듯한 형태만 있을 뿐 본체는 어린이용 장난감 같은 일체 성형이야."

"진짜네."

쇼헤이는 총신 뒤에 있는 노리쇠를 잡아당기려 했다. 꼼짝도 하지 않았다.

"우주인의 모델건인가?"

흥미롭게 손을 내민 마시키에게 쇼헤이는 자동 권총을 건넸다.

"우주인이라면 굳이 진짜를 복제해 모델건을 만들지 않고 진짜를 가지고 가지 않았을까?"

"진짜네."

권총을 쥔 마사키는 방아쇠에 손가락을 걸어보려고 했다.

"만약을 위해 말해두겠는데."

안을 뒤로 물리고 살짝 거리를 벌리면서 마세가 말을 걸었다.

"들고 있는 게 장난감이든 진짜든 총구는 절대로 사람에게 향하지 마. 평소부터 그렇게 조심하지 않으면 프로 군인이라도 사고는 일어나."

"네에."

쥐어본 자동 권총을 어디로 향할지 생각하고 위로 향하고 나서 마사키는 총신을 잡고 손잡이를 마리아에게 향했다.

"들어볼래?"

"응."

마리아는 자동 권총을 쥐었다. 구 일본군에 의해 일본인용으로 만들어졌다고는 하나 여자아이의 손에는 너무 컸다.

"진짜네, 생각했던 것보다 가벼워."

"가볍다니, 어떻게 알아?"

"증조할아버지의."

말을 하다가 멈추고 마리아는 다시 말했다.

"증조할아버지가 썼던 것과 무게까지 똑같았던 모델건이 우리 집에 있었거든."

"모델건이 말이지."

"네."

마리아는 권총을 빙글 돌려 유미에게 향했다.

"들어볼래?"

"네."

당황한 듯한 얼굴과 반대로 유미는 익숙한 손길로 권총을 받았다. 아무렇지 않게 오른손으로 쥐고 탄창멈치를 조작해 손잡이 바닥에서 탄창을 뺐다.

"어?"

마세가 묘한 소리를 냈다. 진짜라면 탄환이 정연하게 줄지어 있는 탄창은 단순한 상자였고, 그 표면이 절반만 희푸른 빛을 냈다.

익숙한 손놀림으로 탄창을 손잡이에 끼운 유미는 노리쇠를 당겼다.

"에너지가 반이라는 거네요. 아마 이거 쏠 수 있을 거예요."

손안의 권총에서 얼굴을 든 유미는 전원의 시선이 자신에게 집중된 것을 깨달았다.

"저기, 왜 그러세요?"

"뭘 어떻게 해도 분해할 수 없다고 하셨죠?"

확인하듯이 마한 쇼헤이에게 휴대전화를 한 손에 든 채 마세는 고개를 끄덕였다.

"어디든 아무것도 움직이지 않았을 거야. 쇼헤이 군, 권총을 들고 이쪽으로 와줘."

"예이."

유미에게 권총을 받은 쇼헤이는 조금 떨어져 있는 마세와 안에게 권총을 가져왔다. 쇼헤이의 손안에 있는 권총을 찬찬히 바라보고 마세는 자신의 손으로 권총을 쥐었다.

"그대로 찍어줘."

마리아에게 말하고 유미가 했듯이 탄창멈치를 누르고 탄창을 뽑으려 하고 노리쇠를 잡아당기려 해봤다. 꼼짝도 하지 않았다.

"흐으읍!"

만약을 위해 이번에는 힘껏 해봤지만 자동 권총은 여전히 꼼짝도 하지 않았다.

"어떻게 된 거야?"

마세는 흥미롭게 들여다보는 안에게 자동 권총을 보였다.

"개체 인식 시스템이란 개념이 있어."

마세는 안에게 권총을 건넸다.

"주인이 아니면 총기를 쓸 수 없도록 지문 등록이나 망막 인증이나 성문 등록을 하는 방법이야. 이거라면 설령 총을 적에게 빼앗겨도 쓰일 걱정이 없어."

"편리하네."

"그렇지도 않아. 적이 아니라 아군에게 총을 빌려주려 해도 쓸 수 없게 돼. 그리고 인식 시스템만큼 복잡하고 무거워지고, 고장 나서 쓸 수 없게 되면 여차할 때 목숨이 왔다 갔다 해."

"어머."

한 번 움직이려 하다가 아무리 해도 움직이지 않는 것을 확인한 안은 다시 눈앞으로 권총을 들어 전체 모습을 봤다.

"뭐, 새로 아군 전원의 지문이나 망막을 등록해서 누구라도 쓸 수 있게 하거나 아군에게는 특정 주파수를 내는 무전기라도 건네서 피아 식별 시스템을 구축하는 등 방법은 다양하게 있지만 그다지 일반적인 방법은 아냐."

"이 권총이 그런 시스템을 쓰고 있다는 거야?"

"총 쪽에서 쓸 수 있는 상대인가 아닌가를 판단하는 거 같아."

"어떻게?"

"글쎄?"

마세는 고개를 저었다.

"지문에 특유 패턴이 있을지도 몰라. 클론과 오리지널의 지문 조합은 했어?"

"이쪽의 지문이나 장문 데이터는 물론 있지만 오리지널 쪽도 있어?"

"똑같지 않아도 돼. 우주인, 또는 그 에이전트에게는 특유의 지문 패턴이 있어서 손잡이가 그걸 읽어 행동을 해제하거나 혹은 인류의 의학으로는 아직 명확하게 밝히지 못한 어떤 생체 반응을 읽어낼지도 몰라."

"이 권총이?"

안은 손안의 자동 권총을 빤히 바라봤다.

"그렇게 고등한 작업을 한다고?"

"상대는 콘택트렌즈 안에 카메라와 통신기 외 여러 가지를 넣을 수 있는 기술 문명이야. 지구가 아직 석기 시대였을 때, 인류가 전기라는 개념조차 떠올리지 못했을 때부터 전자 기술을 발달시킨 무리야. 나사 하나만한 공간이 있으면 이쪽이 떠올리는 대부분은 구현할 수 있다고 생각해도 틀림없어."

"지금 기술로 검사하면 뭔가 나올까?"

"그야 어떤 결과는 나오겠지만 수고를 들인 정도의 성과가 나올지는 몰라. 여기에 있는 건 조사 순서를 기다리는 줄에서 벗어난 잡동사니뿐이고, 그 줄도 길어."

이야기에 빠진 교사와 조교수를 곁눈질하며 쇼헤이는 다시 유미에게 물었다.

"쏠 수 있어?"

다시 질문을 받고 유미는 자신 없게 고개를 끄덕였다.

"아마도…… 전 어떻게 그런 걸 아는 걸까요."

"우주인이 여차할 때를 위해 설치한 지식 속에 저런 걸 다루는 방법도 들어 있었을 거야. 쏘면 어떻게 돼?"

"큰 소리가 나고 광선이 나가요."

"흐음."

고개를 끄덕이고 쇼헤이는 마세와 안에게 말을 걸었다.

"그거 쏠 수 있대요. 시험 발사를 해볼까요?"

"시험 발사?"

마세는 휴대전화를 안의 손에 들린 권총으로 향했다 쇼헤이에게 되돌렸다.

"잠깐만, 이 안에서는 위험해. 그런 건 밖에서 해야지."

마세는 입구 방향을 가리켰다.

"차에 변변찮지만 계측 기구가 있어. 데이터는 뽑을 수 있을 때 뽑아야지. 설치 좀 도와줘."

유미는 불안한 손놀림으로 쥔 오른손의 흑철색 권총에 왼손을 댔다. 곤란한 얼굴로 뒤에 있는 쇼헤이를 봤다.

"위로 향해."

쇼헤이는 아까도 말한 주의를 다시 한번 반복했다.

"어디에도 맞지 않도록, 그렇지, 저 구름이라도 겨누고 쏴."

고개를 살짝 끄덕이고 유미는 가느다란 팔로 든 권총의 총구를 푸른 하늘에 덩그러니 뜬 뭉게구름을 향해 비스듬히 들어올렸다.

"쏠게요."

쇼헤이는 휴대전화를 한 손에 들고 사륜구동차의 보닛에 올린 얇은 컴퓨터의 디스플레이를 들여다보고 있는 마세를 봤다. 마세는 준비 완료를 나타내듯이 엄지를 들고 검지를 내렸다.

"쏴."

"눈을 감으세요."

자신도 눈을 감고 유미는 권총의 방아쇠를 당겼다. 높은 비명 같은 큰 소리와 함께 쇼헤이의 시야가 빛에 파묻혔다.

반사적으로 감은 눈꺼풀을 통해서조차 한여름의 태양이 가까이에 나타난 듯한 대광량(光量)이 느껴졌다.

"눈이이이이!"

"괘, 괜찮으세요?"

유미의 걱정스러운 목소리를 듣고 쇼헤이는 천천히 눈을 떴다. 지근거리에서 대광량의 플래시를 쬔 것처럼 현실 세계가 검붉은 그림자를 머금어 보였다.

"괜찮아."

두 눈을 깜빡이며 쇼헤이는 주위를 둘러봤다. 시야에 천천히 정상적인 색채가 돌아왔다.

"데이터 뽑으셨어요?"

쇼헤이는 사륜구동차의 보닛에서 컴퓨터 키보드를 두드리며 휴대전화를 상대로 이야기하고 있던 마세에게 말을 걸었다.

"뽑았어."

화면을 들여다본 안에게 휴대전화를 건네고 마세는 키보드를 빠른 터치로 두드렸다.

"대학 쪽에서도 빛과 소리는 관측했다고 해. 발광 시간은 0.1초, 소리는 이쪽 계측으로 140데시벨."

마세는 사륜구동차에서 떨어진 창고의 입구 근처에서 견학하던 마리아와 마사키에게 얼굴을 들었다.

"저쪽은 괜찮은 것 같군. 유미 양과 쇼헤이 군도 눈을 다치지는 않았지?"

"모처럼 우주인의 빔 병기를 직접 눈으로 보려고 생각한 건 실수였어요."

후우, 하고 숨을 내쉬고 쇼헤이는 고개를 저었다.

"뒤에서 보는데도 이런 위력이라니, 지금 건 뭔가요?"

"소리는 엄청나고 발광량도 상당하지만 아무래도 에너지로서 그 정도는 아닌 것 같아."

마세는 통화를 마친 휴대전화의 디스플레이를 바꿨다. 대학 측에서 보내온 잠정 관측 데이터가 나왔다.

"대학 측에서도 광학 관측과 음량 측정에 성공했지만 그것뿐이야. 증거를 봐."

마세는 유미가 권총으로 쏜 하늘을 올려다봤다.

"틀림없이 상공의 구름을 뚫었겠지만 구름 자체에는 구멍도 안 뚫렸어."

"네?"

그만한 소리와 빛이니까 상공의 구름은 전부 증발해도 이상하지 않다고 생각했던 쇼헤이도 하늘을 올려다봤다.

상공에는 쏘기 전과 같은 뭉게구름이 몇 개 떠 있었다.

"어라?"

"만약 이게 광학 병기라면 발생시킨 에너지가 모두 표적에 박히지 않으면 효율이 나빠. 우리가 잘 아는 레이저 광선 역시 대기 중에 연기나 수증기라도 없으면 안 보일 거야."

"아주 강력한 빔으로 새어나오는 빛만으로도 현기증이 나거나 하는 거 아닐까요?"

"아니, 그렇게 강력한 게 아냐. 측정 결과가 옳다면 방출된 에너지는 보기만큼 강하지 않고 모이지도 않아. 아마 근거리에서 직격했다 해도 아프지 않지 않을까?"

"진짜요?"

"아마 눈속임용 섬광탄이나 위압용 음향탄이나 혹은 있는 곳을 알리는 신호탄처럼 쓰는 게 아닐까?"

"광선총이 아닌 거예요?"

"처음부터 보고 어디서 어떻게 봐도 광선으로 보이는 게 나왔어. 어엿한 광선총이야. 유미 양, 다시 한번 확인하겠는데."

마세는 질문 상대를 두 손으로 권총을 쥔 채 들고 있는 유미로 바꿨다.

"네가 아는 한 그 총에는 발사하는 빔의 위력을 키우거나 줄이는 조정 기능이 없는 거지?"

유미는 확인하듯이 권총을 다시 쥐고 이곳저곳을 살펴봤다.

"아마 없는 것 같아요."

"연사는 할 수 있어?"

"네."

유미는 고개를 끄덕였다.

"방아쇠를 계속 당기면 그 시간 동안 계속해서 발사할 수 있어요."

말하고 나서 유미는 자신 없는 듯이 덧붙였다.

"할 수 있을 거예요."

"이건 뭘 위해서 쓰는지 너는 아니?"

마세의 질문에 유미는 자신 없는 듯이 고개를 끄덕였다.

"네. 방아쇠를 당기면 눈부신 광선이 나오고 큰 소리가 나요."

"그 밖에는?"

"그것뿐이에요."

유미는 말했다.

"현기증이 날 만큼 눈부시고 이명이 남을 만큼 큰 소리가 나지만 그것뿐이에요. 어디를 겨냥하고 쏴도 파괴할 수는 없어요."

"흐음."

마세는 흥미로운 듯이 팔짱을 꼈다.

"위력이 없고 연사는 가능하다면 이건 현혹용 광선총이나 혹은 신호총이겠군."

"광선총이 아닌 건가요?"

쇼헤이는 시시하다는 듯이 말했다. 마세는 웃었다.

"틀림없이 어엿한 광선총이야. 섬광탄도 음향탄도, 신호총도 역시 어엿한 무기지. 게다가 적을 다치게 할 우려가 없는 게 좋아."

"저기요……."

잠시 생각하고 쇼헤이는 물었다.

"우주인은 광학 병기랄까, 이른바 파괴 빔을 실용화한 건가요?"

"응, 빔뿐만 아니라 그런 종류의 SF 병기는 대부분 실용화돼 있어."

마세는 과장스럽게 두 팔을 벌렸다.

"명중한 걸 가열하는 광학 병기뿐만 아니라 폭발시키는 파괴 빔, 공중에서 지상으로 방사해 떠오르게 하는 트랙터 빔, 증발시 켰거나 어딘가로 전송한 것처럼 사라지는 의문의 빔까지 네가 지 금까지 여러 곳에서 본 적 있는 건 대부분 목격 기록이나 증언이 모여 있어."

"네에."

"아쉽게도 그런 광선 병기 현물이 회수되는 케이스는 적고, 하 물며 이쪽 손에 들어와 분해 조사해 뭔가가 어떻게 됐는지 판명 한 케이스도 거의 없지만, 이번에는 일단 그런 증거 물건의 정체 를 하나 판명했다는 뜻이야. 협력해줘서 고마워."

"네."

"유미 양."

마세는 다시 질문을 했다.

"그 신호 광선총 말인데, 앞으로 몇 번 발사할 수 있지?"

"잠시 기다려주세요."

유미는 손잡이에서 탄창을 꺼내 그 표면을 만졌다. 다시 반 정도가 빛났다.

"지금 같은 발사라면 앞으로 3천 발 정도는 쏠 수 있을 거예요."

"3천 발!"

옆에서 듣고 있던 마사키가 소리를 질렀다. 마세는 질문을 거듭했다.

"빔을 계속 쏜다면 몇 초 정도 유지되지?"

잠시 생각하고 유미는 대답했다.

"몇 분 정도는 연속 발사할 수 있어요. 에너지보다 먼저 발진 기구가 과열되고 안전장치가 움직여 쏘지 못하게 됩니다."

"에너지가 떨어지면 어떻게 하면 되지?"

"에너지는 시간이 지나면 어느 정도는 회복됩니다."

유미는 자신 없는 듯이 대답했다.

"이미 꽤 낡았으니까 끝까지 채워지지는 않겠지만, 그래도 한 시간 기다리면 한 발 정도, 일주일을 기다리면 실용에 지장이 없을 정도로는 회복될 겁니다."

"충전도 필요 없고 내버려 두면 원래대로 돌아오다니 편리하군."

마세는 학생들을 봤다.

"뭐, 우주인이 쓰는 장치에는 그런 비겁한 설정이 줄줄 있지만."

"어떤 원리로 빔을 나가고 소리가 나는 거야?"

쇼헤이의 질문을 받고 유미는 손안의 권총을 꼼꼼하게 다시 살폈다.

"……모르겠어요. 사용법은 알지만 정비나 제조에 관한 지식은 배우지 못했어요."

"그렇다네요."

쇼헤이도 유미의 손안에 있는 남부식 자동 권총을 봤다.

"이렇게 낡은 게 내버려 뒀는데도 멀쩡하게 움직인 건 아마 정비가 불필요한 일회용품이라서 그런 게 아닐까 싶은데요."

쇼헤이는 창고 입구로 시선을 돌렸다.

"이런 게 그 밖에도 줄줄이 있는 건가요?"

"수는 많지 않아."

마세는 심각한 얼굴로 대답했다.

"그보다 우리가 정체를 특정한 건 그렇게 많지 않다고 해야 하나."

마세는 유미의 손안에 있는 자동 권총을 가리켰다.

"그건 그렇고 오늘 이 친구가 발사할 때까지는 과거에 우주인이 썼지만 현재는 무슨 수를 써도 쓸 수 없는 의문의 모델건이었어. 인류 쪽에 개체 인식을 시켜 푸는 안전장치라는 발상이 없는 시대의 물건이니까 그 밖에도 어쩌면 이 친구가 만지면 쓸 수 있게 되는 게 있을지도 몰라."

창고 안으로 돌아가 조사를 계속했다.

천문부원들이 조사를 허가받은 고물상 창고 같은 선반에 있던 것은 그 대부분이 고물상의 불량 재고 같은 잡동사니였다.

튼튼한 나무 상자 안에 짐벌식의 두 축이 수평을 유지하듯이 지탱한 낡은 시계는 옛날 배에서 쓰이던 마린 크로노미터, 위치 측정에 쓰일 만큼 정교한 시계였다지만 함께 놓여 있던 케이스에 있던 구식 쌍안경과 육분의 모두 아무런 설명문도 주의서도 없어서 그 이상은 알 수 없었다.

회중시계, 또 타자기나 수동 기계식 계산기도 있었다.

갈색 유리로 만들어진 술병과 형태가 똑같고 내용물은 액체로 가득 채워졌지만 뚜껑도 전혀 없이 여는 법도 사용법도 알 수 없는 작은 병, 새카만 수정 구슬 등 이른바 사연만은 있을 것 같은 잡동 사니는 조사하면 조사할수록 나왔지만, 자동 권총처럼 유미가 한 번 보고 사용법을 이해하는 물건은 그 이상 발견되지 않았다.

그래도 선반 두 개분 정도 보관되어 있는 물품에 새로운 내용 을 추가할 수 있었다며 마세는 기뻐했다. 그리고 날이 저물기 전 에는 창고를 닫고 싶다며 시계를 보고 오늘 작업의 종료를 선언 했다.

"어두워진 다음에는 무슨 일이 있나요?"

어지럽혀진 선반을 원래대로 보이도록 대충 정리하며 쇼헤이 는 물었다.

"아까 말씀하신 이상해진 공간 구조가 해가 나와 있을 때와 날 이 저물고 나서는 지나가는 법이 달라지기라도 하나요?"

"아니, 밤낮보다 날짜에 영향을 더 받아."

기록 파일에 본 내용을 덧붙이며 마세는 대답했다.

"하지만 대기 시간이 초 단위로 늘어나거나 주는 정도야. 그보 다 여기까지 오는 길이 길이라고도 할 수 없는 상황일 거야. 저 산속을 어두워진 다음에는 달리고 싶지 않아."

어떻게든 다음에 올 사람에게 보일 수 있는 상태까지 정리를 마 치고 파일에 인원수를 합친 입출퇴 기록을 한 후 원래대로 엄중하게 문을 잠그고 창고를 닫았다.

해가 지는 산속에서 갈 때와 같은 모습인 사당 앞에서 반대 방향으로 시간을 기다려 마세가 운전하는 사륜구동차는 무사히 연구동까지 돌아왔다.

"좋아, 오늘 일도 무사히 끝났군."

사륜구동차의 엔진을 끄고 마세는 운전석에서 연구동 앞 주차 공간에 내렸다. 백의 주머니에서 휴대 단말기를 꺼내 화면을 탭하고 손목시계의 현재 시각과 비교했다.

"날짜도 시각도 어긋나지 않았어. 안심해, 제군. 우리는 돌아와야 할 시간에 돌아왔어."

벤치 시트에 앉은 천문부원들은 어색하게 얼굴을 마주 봤다. 쇼헤이가 일동을 대표해 조심스레 손을 들었다.

"응? 질문이라도 있어, 쇼헤이 군?"

"시간뿐만 아니라 날짜까지 확인했다는 건 다른 날짜에 돌아오는 경우도 있다는 뜻인가요?"

"다행히 나는 그런 경험은 하지 않았어."

마세는 태연한 얼굴로 고개를 끄덕였다.

"하지만 저쪽에 가서 돌아오면 시간뿐만 아니라 날짜와 연호도 확인하라고 선임자가 인계해서 말이야."

"선임자는 누구야."

조수석에서 내린 안이 수상하다는 듯한 얼굴로 물었다.

"알잖아. 쇼카로의 오토미 씨야."

"아아, 불로불사라는 소문의."

마세에게서 눈을 떼려다가 안은 시야 한구석에서 위화감을 느꼈다. 그곳에 있어서는 안 될 것이 있던 것 같아서 방금 전까지 자신이 앉아 있던 사륜구동차의 조수석으로 시선을 떨어뜨렸다.

비단폭을 찢는 듯한 날카로운 비명이 주차장을 관통했다.

"뭐, 뭐야?!"

마세는 휴대 단말기를 떨어뜨릴 뻔하다 가까스로 잡았다.

"지금 건 누구야?"

먼저 짐칸에 탄 천문부원을 보고 나서 마세는 조수석 저편으로 눈길을 돌렸다.

"안, 너. 그런 귀여운 목소리도 낼 줄 알았냐?"

"시끄러워! 뭐야 이거!"

마세는 안이 떨리는 손가락으로 가리키는 곳을 봤다.

조수석 시트의 완전히 빛바랜 비닐로 덮인 앉는 부분에 남색 후리소데에 머리를 가지런히 자른 일본 인형이 앉아 있었다.

"누구 장난이야?"

마세는 뒷좌석에 앉은 학생들을 돌아봤다. 어리둥절한 얼굴로 전원이 고개를, 혹은 손을 저었다.

"진짜?"

의심하는 얼굴로 학생들의 얼굴을 보고 나서 마세는 조수석에 단정하게 앉아 있는 가지런한 머리의 일본 인형을 봤다.

"그럼 따라온 건가?"

"따라왔다고?! 인형이?!"

"그러니까 평범한 인형이라면 우리 창고에 보관되지 않는다니까. 말했잖아, 저 인형은 그 옛날에는 자기 멋대로 돌아다니거나 말을 했다고."

"이게?"

안은 흠칫거리며 조수석의 머리 가지런한 인형을 들여다봤다. 비스크돌의 흰 얼굴과 공들인 유리 세공 눈동자가 앞을 똑바로 보고 있었다.

"꼭두각시가 아닌 거지?"

"그래."

운전석 쪽에서 몸을 내민 마세가 조수석으로 손을 뻗었다.

"인형은 19세기에 만들어졌다는데, 으음, 확실히 20년쯤 전에 엑스레이 촬영까지 해 내부 구조를 조사했지만 지구 밖 물질은 검출되지 않았고 블랙박스는커녕 마이크로 칩 하나조차 찾지 못했어."

"우후아아아!"

안이 이상한 소리를 내는 것도 신경 쓰지 않고 마세는 남색 후리소데를 입은 일본 인형을 아무렇지 않게 조수석에서 안아 들었다.

"마, 만져도 괜찮아?"

"저주받거나 감염될 걱정은 없어. 뭐, 현 지구상 인류의 과학으로 풀지 못했을 뿐이지만."

백의 팔로 인형을 끼고 마세는 걷기 시작했다.

"어쩌다 보니 따라왔겠지. 지금부터 저기로 돌아가기는 번거로우니까 오늘 밤 마리코 씨는 우리 연구실에 맡겼다 내일이라도 돌려놓을게."

멈춰 선 마세는 백의로 감싼 마리코 인형과 함께 몸을 돌렸다.

"아니면 데리고 갈래?"

안은 고개를 힘껏 흔들었다.

안의 승합차와 학생의 슈퍼 커브 오토바이를 전송하고 마세는 인형과 함께 연구실로 돌아갔다.

켜놓은 컴퓨터로 부재중에 들어온 연락을 확인해 답장을 몇 개 했고, 그중 사무 쪽에서 저번 출장비 정산을 재촉하는 연락이 있어서 할 수 없이 받을 만큼 받아둔 영수증을 가방 안과 재킷 안에서 꺼내 정리하고 대강이지만 총액 계산을 시작한 차에 휴대 단말기가 울렸다.

백의 주머니에서 휴대전화를 꺼낸 마세는 전화를 받았다.

"응, 마세야. 무슨 일이야?"

'저기, 만약을 위해 물어보는데.'

전화 저편 안의 목소리는 드물게 떨리고 있었다.

'인형 어떻게 됐어?'

"인형?"

마세는 디스플레이가 자료와 신문 더미에 파묻혀 있는 책상 주위로 고개를 돌렸다.

"마리코 인형이라면 내일이라도 창고로 인수를 부탁할 예정이라서 으음, 분명 의자에 앉혔는데."

마세는 실험 책상 반대편 테이블을 봤다. 없다.

"그게 아니라 잊어버리지 않도록 문 쪽 냉장고 위에."

의자를 돌아 연구실 문을 봤다. 없다.

"어어, 틀림없이 이 방까지는 가지고 왔을 테니까 어딘가 에……."

거기까지 말하고 마세는 깨달았다.

"……혹시 그쪽에 있는 거야?"

'그래.'

안의 목소리의 음정은 아직 어딘가 이상했다.

'아까 집에 도착했어. 학생을 내려줬을 때는 확실히 아무도 없 었을 뒷좌석에 그 일본 인형이 앉아 있어.'

"아……."

휴대 단말기를 한 손에 든 채 마세는 재빨리 키보드를 두드리 기 시작했다.

"기억이 불확실해서 미안하지만, 마리코 인형은 우주인이 빙의 됐는지 가끔 말을 했다지만 기록에 있는 한 해를 끼친 적은 없어. 가끔 창고에서 나가 나쁜 짓을 하는 인형이라면 우리가 아니라 다른 엄중한 곳에 보관하거나 최악의 경우 파괴했을 거야."

'어쩌라는 거야!'

"아아, 일단 선주 저택까지는 교통사고도 괴이도 없이 무사히 도착했잖아."

비명에 가까운 안의 목소리를 듣고 마세는 느긋하고 천천히 대 답했다.

"방금도 말했던 대로 마리코 인형은 해악을 끼치지 않아. 아마 마음에 든 게 아닐까?"

'누가 마음에 들었다는 거야?!'

"나는 몇 번이나 그 창고에 들어갔지만 마리코 인형이 따라온 적은 없어. 안 역시 그 창고에 이번에 처음 들어간 거 아니지?"

'몇 년 전에 들어간 적은 있는데.'

"지금 거기에 있는 건 누구야? 학생은 이미 다 내렸어?"

마세는 디스플레이에 안 일행의 방문 영상을 띄웠다. 학생 한 명은 오토바이로, 나머지 세 명은 안의 승합차로 대학에 왔다.

'마리아랑 쇼헤이는 이미 바래다줬으니까 지금 여기 있는 건 유미뿐이야.'

"아, 그 우주인 부하였던 전학생 여자아이로군. 그래서 그 애는 뭐 하고 있어?"

'뭐 하기는, 지금 뒷좌석에서 마리코 인형을 보고, 아, 뭐 하는 거야 유미! 만지지 마!!'

"아니, 그러니까 만져도 안아도 큰일은 안 생길 거야."

마세는 접속된 인터넷에 뭔가 참고 자료라도 없는지 검색하며 말했다.

"그리고 상대는 아마 자기가 바라는 곳 어디든 갈 수 있는 마리코 인형이야. 그대로 차에 놓아둬도 눈을 떼면 아마 가고 싶은 곳으로 이동하지 않을까?"

'어떻게?!'

"글쎄, 순간이동하거나 아니면 자기 다리로 뚜벅뚜벅 걷든가, 그 방면은 확인 못 했어. 만약 증거 사진이라도 확보할 수 있다면 노력해봐."

'어떻게?!'

"계속 보고 있는 건 힘드니까 옆에 카메라라도 두고 장시간 녹화하면 사라지는 순간 정도는 찍을 수 있을지도 몰라. 원래 마리코는 상당히 똑똑한 인형 같으니까 찍히고 있는 걸 알면 가만히 있을지도 모르지만."

'저기 말이야!'

소리를 지르기 시작할 것 같은 안에게 마세는 천천히 침착하게 설명했다.

"잘 들어, 마리코 인형은 그럴 마음을 먹으면 원하는 곳에 갈 수 있어. 일부러 너희를 따라갔다는 건 즉 너희 중 누군가가 마음에 들었다는 뜻이야. 해악을 끼치는 존재가 아니니까 그건 걱정 안 해도 돼. 그래도 걱정되면 가지러 가도 되지만, 아마 가지고 돌아와도 그 녀석은 또 그쪽으로 돌아갈 거야."

'붙었다는 거야?!'

"그래. 붙은 게 너희 지구방위군 소속 멤버라서 다행이야. 이게 일반인이라면 여러모로 하지 않아도 될 고생을 할 뻔했어."

제2일

다음 날 아침, 이와에 고등학교 이과준비실.

"즉 그 차고에 있던 마리코라는 이름의 일본 인형이 안 선생님에게 붙었다는 건가요?"

알코올램프로 끓인 커피포트를 힐끗힐끗 신경 쓰면서 쇼헤이는 방금 들은 이야기를 요약했다.

"아니, 붙었는지 아닌지는 아직 확인 안 됐어."

그리운 듯이 이과준비실을 둘러보며 자신이 있을 곳이라는 듯이 책상의 구식 컴퓨터 앞 사무 의자에 앉은 마세는 백의 주머니에서 휴대 단말기를 꺼냈다.

"어젯밤부터 오늘 아침까지 안에게 그 후 연락은 없었어. 과연 홀려서 괴이 현상에 말려든 채 전화도 할 수 없게 된 건지, 아니면 마리코 씨가 따라갔을 뿐 그 이상 아무 일도 일어나지 않았는지는 알 수 없지만, 적어도 선주의 집에서 비상사태가 발생했다는 얘기는 이쪽에 전해지지 않았으니까 그런 성가신 일은 일어나지 않았을 거야."

"하지만 그런 거라면 왜 직접 안 선생님 집으로 가지 않으셨어요?"

마리아가 질문했다.

"문제가 마리코 인형이라면 굳이 학교까지 가져오지 않아도 안 선생님 집으로 가는 편이 빠르지 않나요?"

"나도 그렇게 생각해."

마세는 동의했다.

"하지만 굳이 오늘 아침에야 약속 장소를 이와고로 지정해 이쪽까지 부른 건 아마 그런 게 아닐까 해서."

마세는 즐거워 보이는 얼굴로 천문부원들의 얼굴을 둘러봤다. 쇼헤이는 마리아와 얼굴을 마주 보고 나서 마세에게 물었다.

"무슨 말씀이세요?"

마세는 양손을 들었다.

"아마 나는 그걸 설명하는 역할이 아닐 거야. 벌써 안이 와도 좋을 시간이잖아. 천문부 고문이자 정보부 2과 부과장에게 직접 듣는 편이 빨라."

복도 밖에서 들린 발소리에 마사키가 귀를 세웠다.

"호랑이도 제 말 하면 온다더니, 등장 신인가."

"안녕하세요."

"응, 안녕."

"오늘 아침에는 늦었네."

우메다가의 객식구가 된 유미지만, 미하루다이 뉴타운의 미하루 저택에서 다니던 때와 마찬가지로 등교는 일렀다. 아무 시간에 승합차로 자동차 통근을 하고 있는 안과 같이 오지 않고 시내에서 도보 통학을 하고 있다. 얼굴을 든 마리아는 부실 문을 옆으로 연 유미를 보고 경직했다.

"네."

싱긋 웃은 채 유미는 소중하다는 듯이 마리코 인형을 안고 방에 들어왔다.

"아침에 일어났더니 거실에 놓아둔 이 아이가 없어져서 안 선생님이 깜짝 놀라 찾는 데 시간이 좀 걸렸어요."

유미는 아무 일도 없다는 듯이 설명했다.

"그건 또……."

그렇게만 대답하고 쇼헤이는 인형과 유미의 옆얼굴을 번갈아 봤다. 마세가 회전의자와 함께 유미에게 몸을 돌렸다.

"그래서 마리코 인형은 어디에서 발견됐니?"

"내 차."

인형을 가슴에 안은 채 마세에게 몸을 돌린 유미의 뒤에서 기운 없는 어두운 목소리와 함께 안이 나타났다.

"안녕, 늦어서 미안해."

"안녕."

사무 의자에 앉은 마세가 한 손을 들었다.

"그런데 안의 집이라면 선주님처럼 그런 사태에 익숙한 인재가 얼마든지 있을 텐데."

"응, 덕분에."

발을 끌듯이 안은 이과준비실로 들어왔다.

"소란을 피운 건 나뿐이야. 집의 어디를 찾아도 안 보였고, 시간이 없어서 차 문을 열었더니 당연하다는 얼굴을 하고 조수석에 앉아 있어서 심장이 멈추는 줄 알았어."

"그래서 학교까지 데려왔다는 거야?"

"어쩔 수 없잖아."

정위치인 책상 의자가 마세에게 점령당해서 안은 실험 탁자의 둥근 의자를 끌어다 앉았다.

"마리코 인형은 아마 원할 때 원하는 곳에 갈 수 있을 거야. 우리 집으로 돌아가도 인형이 원해서 차로 돌아가면 거기 있을 테니 학교로 가고 싶으면 데리고 갈 수밖에 없어."

안은 지친 얼굴로 인형을 안은 유미에게 얼굴을 들었다.

"이게 우리 할아버지랑 이 애의 공통 견해야. 그리고 확실히 놓아둔 곳에서 사라지거나 놓아둔 곳으로 나타나거나 하는데, 하는 짓은 그것뿐 악의는 느껴지지 않아 분명히."

"그것도 이 애의 의견이야?"

마세가 미소 짓는 유미와 안을 번갈아 봤다. 안은 고개를 끄덕였다.

"우주인의 논리관이나 행동 원리는 우리 지구 인류의 일상과는 동떨어져 있어. 그건 잊지 않았지?"

안은 다시 한번 고개를 끄덕였다.

"인상론은 확실하지 않아. 사실만을 인식해 확인해. 우주인이 하는 생각이 우리의 이해를 넘어서고 있을 가능성을 잊지 마."

"알고 있어."

안은 지친 얼굴로 유미의 팔 안에 있는 마리코 인형에게 눈길을 줬다.

"우주인이야, 이 인형?"

"마리코 인형은 백 퍼센트 지구상의 물질, 그것도 백 년 이상 전의 자연물로 만들어졌어. 그러니까 인형 자체는 우주인이 아냐."

마세도 인형을 봤다.

"우리 선배가 이걸 우주인 혹은 그 관련 물건이라고 판단한 건 그 행동 때문에 그래. 그런 의미에서는 이 인형도 우주인일지도 몰라."

"하지 마."

"마리코 씨의 행동이 우주인의 의지를 반영하고 있다면 인형이라도 하는 짓은 우주인과 같다고 말할 수 있지 않을까?"

휴우, 하고 한숨을 내쉬고 안은 유미의 팔 안에 있는 인형에게 눈길을 줬다.

"한동안은 마리코 인형이 하고 싶은 대로 내버려 두는 수밖에 없고 거기에 어울릴 수밖에 없다는 거야?"

"되도록 마리코 씨의 진의를 살펴서 소통을 하고 싶지만 현 상황에서는 무리니까."

마세는 이과준비실의 천문부원들을 돌아봤다.

"뭔가 이상이 있으면 나한테 연락해줘. 최대한 대응은 할게."

"믿음직스럽네. 뭘 할 수 있을까?"

"그래서 수업 중에는 어쩔 거야?"

마사키가 유미의 팔 안에 있는 마리코 인형을 가리켰다.

"데려갈 거야?"

"네?"

유미는 허가를 원하듯이 안을 봤다.

"안 되……겠죠."

"당연하지. 고등학생이 인형을 교실에 데려오다니, 수업 시간에도 안고 있을 생각이야?"

"그럼 여기에 두는 건가요?"

쇼헤이가 질문했다.

"그럴 생각인데 무슨 문제 있어?"

"만약 그 인형이 무슨 목적이 있어서 여기까지 왔다면 으음, 아마도."

쇼헤이는 자신이 하는 말을 믿기 힘들다는 말투로 계속해서 말했다.

"이과준비실에서 가만히 있지 않지 않을까 싶은데요."

미간을 찌푸리고 안은 유미의 팔에 안긴 인형을 봤다.

"충분히 생각할 수 있는 사태네. 하지만 그렇다고 무슨 일이 생길까?"

안은 마세에게 시선을 되돌렸다.

"설마 선배가 계속 여기서 인형을 지켜볼 거야?"

"그렇게까지 한가하지는 않아."

마세는 두 손을 들었다.

"그리고 여기서 지켜본다고 해서 잠시 눈을 뗀 틈에 마리코 씨가 사라지면 어디로 갔는지 알 수 없는 건 마찬가지잖아?"

"어디로 간다는 거야."

"글쎄, 그건 마리코 씨에게 물어봐줘. 이 학교 안이라면 천문대, 도서실, 강당의 창고나 교장실 등 대체 어디를 보고 싶어서 여기까지 따라왔을까."

"음……."

안은 심각한 얼굴로 생각에 잠겼다.

"일본 인형이 어디에 나타날지도 모르니까 놀라지 않도록 미리 고지할까? ——안 돼, 그런 걸 할 수 있을 리가 없어."

"저기요."

유미가 발언을 요구하듯이 손을 들었다.

"명찰을 달아두면 어떨까요?"

"명찰?"

안은 유미와 그녀의 팔 안에 있는 마리코 인형을 번갈아 봤다.

"순순히 달아줄까?"

"마음에 들지 않으면 안전핀으로 꽂아도 내버려두지 않을까 해요."

유미는 안고 있던 마리코 인형을 빙글 돌려서 실험 탁자 위에 앉혔다.

안에 이름을 적은 종잇조각을 넣은 플라스틱 명찰은 컴퓨터가 놓여 있는 낡은 책상 서랍 안에서 쉽게 발견됐다.

프린트하는 것보다 그 자리에서 쓰는 편이 빠르다며 사인펜을 든 유미가 그대로 멈췄다.

"……뭐라고 쓰죠?"

"천문부 비품."

말한 쇼헤이가 실험 탁자에 놓인 마리코 인형을 봤다.

"——라고 하면 마음에 들어 할 것 같지 않네."

"천문부, 마리코라고 하면 될까요?"

유미가 안을 봤다. 안은 심각한 얼굴로 고개를 끄덕였다.

"괜찮지 않을까? 비품 취급 받지 않는 게 인형도 기쁘지 않겠어?"

"그럼 그렇게 할게요."

복사 용지 구석에 '천문부 마리코'라고 적은 유미는 가위로 자르고 명찰 안에 넣었다. 이곳에 있던 철끈을 명찰에 묶어 인형 목에 걸었다.

"쉽게 떨어질 것 같네."

목에 명찰을 건 일본 인형을 본 안이 솔직한 감상을 말했다.

"다음에 여기 왔는데 명찰만 남아 있으면 마리코 씨가 마음에 들지 않았다는 뜻일 거야."

작업장이 된 컴퓨터 책상을 유미에게 양보한 마세가 말했다.

"그게 명찰과 함께 없어졌다면?"

"그때는 축하해야지. 천문부를 마리코 씨가 마음에 들었다는 뜻 아닐까?"

안은 불편한 얼굴로 마세를 흘겨봤다.

첫째 시간 수업이 끝남과 동시에 사라졌던 유미는 둘째 시간 종이 울리기 직전에 교실로 돌아왔다. 뭔가 하고 싶은 말이 있는 듯이 마리아의 책상으로 왔다.

"왜 그래?"

다음 수업 교과서와 노트를 책상 위에 놓으며 마리아는 물었다. 유미는 말하기 어려운 듯이 입을 열었다.

"저기, 없어졌어요."

"누가?"

되묻고 마리아는 바로 눈치챘다.

"마리코 인형이?"

유미는 고개를 끄덕였다.

"아까 방으로 돌아가 보니, 컴퓨터가 놓여 있는 책상 위에 있었을 텐데 의자 위에도, 테이블 위에도 없어요."

"근면한 인형이네."

마리아는 한숨을 토했다.

"알았어, 자리로 돌아가."

"네? 찾지 않아도 되나요?"

"찾아도 되지만 아마 소용없을 거야."

마리아는 올려놓은 교과서와 노트에서 서 있는 유미에게 얼굴을 들었다.

"그야 생각해봐. 마리코 인형이 이 학교 안에 있는지 아니면 밖으로 나갔는지도 모르지만, 어떻게든 찾아 부실로 돌려보냈다 해도 그녀는 다시 가고 싶은 곳으로 갈 거잖아?"

"그녀는 마리코 인형을 말하나요?"

잠시 생각하고 유미는 고개를 끄덕였다.

"데리고 돌아와도 다시 사라진다는 건가요?"

"그런 거야. 아직 명찰이 붙어 있다면 어디서 회수될지도 모르고, 명찰만 돌아올지도 모르고, 방과 후가 되면 부실로 돌아올지도 모르고, 돌아오지 않을지도 모르지만."

"돌아오지 않는다면 어쩌죠?"

"그러면 안 선생님이 안심하겠지."

"저거 천문부 인형이야?"

점심시간에 성큼성큼 걸어온 반장이 말을 걸어서 쇼헤이는 읽던 책에서 얼굴을 들었다.

머리를 세 갈래로 딴 이카타 아키코, 통칭 반장이 안경 너머의 차가운 시선으로 쇼헤이를 쏘아보고 있었다.

"인형?"

따라하고 나서 쇼헤이는 바로 깨달았다.

"일본 인형? ……어디에?"

"도서실."

사서를 겸임하는 반장은 짧게 대답했다.

"역시 천문부 인형이야 그거?"

"아니 그게, 사실은 우리 게 아니지만 지금 일시적으로 천문부에서 맡은 처지가 됐다고 해야 하나."

한숨을 토하고 나서 쇼헤이는 책을 덮고 책상에서 일어났다.

"회수해가겠습니다."

"그렇게 해주면 고맙지."

이와에 고등학교의 개가 도서실은 그 이름도 라운드룸이라고 불리는 원형 2층 건물의 키 높은 책장에 둘러싸인 통층 홀이다. 중앙에서부터 방사형으로 독서 책상이 배치되고, 벽에는 슬라이드식 사다리를 장비한 높은 책장이 천장까지 이어지고 있었다.

"찾았는데 안 만졌어?"

반장을 따라서 도서관으로 향하면서 쇼헤이는 물었다.

"손이 닿지 않는 곳에 있었어."

잰걸음으로 앞을 걷는 반장은 몸도 돌리지 않고 대답했다.

"천문부의 명찰이 달린 일본 인형이 라운드룸 한가운데에 달린 샹들리에 위에 앉아 있었어.

"그건 또……."

쇼헤이는 어떻게 대답해야 가장 무난할지 생각하며 맞장구를 쳤다.

"……용케 알아차렸네."

"그런 분위기 있는 인형인걸, 바로 알아차렸지."

잰걸음으로 걸으며 반장은 계속 말했다.

"뭘 하고 있나 했지만 접다리라도 가져오지 않으면 닿지 않고, 그런데 다음 쉬는 시간에 보니 샹들리에 위에서 사라졌어."

"어라?"

이어질 전개를 종잡을 수 없어서 쇼헤이는 얼빠진 소리를 냈다.

"어디로 갔어?"

"이번에는 책장, 그것도 2층 위에."

라운드룸의 책장은 2층에 이르는 계단통의 천장까지 차지하고 있다. 둘러쳐진 레일을 미끄러지는 사다리를 가지고 가면 천장 근처 책장이라도 손이 닿지 않는 일은 없다.

"그러면 손이 닿는 거 아냐?"

"잡으려고 하면. 하지만 회수한 뒤의 신원 인수인이 필요하잖아."

"예이, 회수해가겠습니다."

문득 쇼헤이는 고개를 갸웃거렸다.

"어째서 처음에 발견했을 때 천문부에 연락하지 않았어?"

"장난이라면 일부러 명찰을 달지 않잖아. 다른 부가 하는 일에는 가능한 참견하지 않고 있어."

"그럼 왜 점심시간인 지금에 와서?"

"방과 후까지 회수해야지. 아주 분위기 있는 일본 인형이었으니까."

반장은 살짝 열린 도서실의 큰 문에 손을 댔다.

"이 이상 학원 7대 불가사의를 늘려도 성가시고."

도서실 자체는 메이지 시대에 건설된 이와에 고등학교 벽돌 교사와 마찬가지로 오래됐지만, 책장에 꽂힌 책은 최근 수십 년 된 것이다. 개가식 도서실이어서 오래되거나 희귀서가 된 것은 안쪽 보관실로 차례대로 옮겨진다.

시험 기간 전에는 가득 차는 독서 테이블도 점심시간인 지금은 취식 금지가 철저하게 지켜지고 있기도 해서 학생이 별로 없었다.

큰 문을 열고 라운드룸에 들어간 반장은 시대물 샹들리에 같은 조명이 비치는 센터룸을 중심으로 펼쳐진 대도서실을 둘러봤다. 완만하게 이어지는 키 높은 책장을 올려다봤다.

"어머?"

자연과학을 나타내는 분류 400번대, 큰 문을 들어가 좌측 중간 정도에 있는 천문 우주 책장을 올려다본 반장은 고개를 갸웃거렸다.

"저기에 있었는데?"

반장이 가리키는 천장에 가까운 책장을 쇼헤이는 올려다봤다.

이와에 고등학교의 장서는 전신이 된 군사학교 시대부터 있었기 때문에 현립 도서관에 버금갈 만큼 많다. 그러나 라운드룸은 항상 쓰이는 장소라 공개되는 도서가 순서대로 바뀌어서 책장은 가득 채워지지는 않는다. 쉽게 손이 닿지 않는 위쪽 책장, 사다리를 끌어오지 않으면 닿지 않는 더 위쪽은 구획된 책장이 반 정도밖에 차지 않은 곳도 있었다.

"저 빈 곳?"

"그래."

주위를 둘러본 쇼헤이는 레일로 밀 수 있는 사다리를 스르륵 끌고 왔다. 학생 손길에 오랫동안 반질반질해진 금색 놋쇠 사다리에 손을 대고 오르기 시작했다.

"이 책장?"

"하나 더 위"

사다리 단을 또 하나 올라가서 쇼헤이는 천장에 가까운 책장을 돌아봤다. 20세기 후반의 우주 개발 관련 도서, 그것도 커피 테이블 북이라고 불리는 큰 사진집이 절반 정도를 차지한 책장은 낡고 두꺼운 떡갈나무 판자를 가장자리에 짜 맞춘 실용 우선의 북엔드가 지탱하고 있었다.

"거기."

반장의 목소리를 듣고 쇼헤이는 대형책 전용 책장을 들여다봤다. 먼지를 살짝 뒤집어쓴 북엔드에서 왼쪽 책장이 일부분만 둥근 물체가 들어온 듯 닦여 있었다.

"여긴가?"

인형이 앉아 있었을지도 모르는 흔적만 있고 그 모습은 보이지 않았다. 쇼헤이는 사다리 위에서 고개를 돌려 라운드룸의 책장을 둘러봤다. 책장에도 일본 인형은 보이지 않았다.

"돌아갔나?"

중얼거리고 쇼헤이는 사다리를 내려갔다.

"헛걸음하게 해서 미안해."

"아냐, 아마 누군가가 알아보고 가지고 돌아갔을 거야."

쇼헤이는 반장에게 손을 저었다.

"또 어딘가로 나다닐지도 모르니 그때는 가르쳐줘."

만약을 위해 이과준비실도 들여다봤지만 마리코 인형은 없었다. 인형이 갈 만한 곳을 어떻게 추리해야 좋을지 궁리하면서 쇼헤이는 교실로 돌아왔다.

방과 후.

"최초 보고가 1층 도서실, 오전은 쭉 도서실에서 보내고 다음이 대계단, 그리고 3층 시계대 아래, 마지막으로 목격된 곳이 옥상."

이과준비실에서 쇼헤이는 화이트보드에 마침 있던 메모 용지를 시계열 순으로 붙였다.

"그리고 마리코 인형은 지금 이 방에 없어."

쇼헤이는 부원 네 명이 모여 있는 천문부 부실을 돌아봤다.

"교사를 차례대로 위로 올라가고 있네."

붙은 메모를 본 마리아가 감상을 이야기했다.

"그러네."

쇼헤이는 동의했다.

"마리코 인형이 뭘 기대하고 학교에 왔는지는 아직 모르지만, 첫째 시간이 끝나는 휴식 시간에는 이미 방에서 사라진 게 확인됐고 오전에는 아무래도 도서실에 있었던 것 같아."

"도서실 어디에 있었는지 알아?"

"어, 물론 반장한테 듣고 확인했어."

쇼헤이는 들은 이야기의 순서를 머릿속으로 확인했다.

"처음에는 한가운데 달린 샹들리에에 앉아 있었고, 그 뒤는 세계지리, 마지막에는 자연과학, 그것도 천문 책장에 있었대."

"흥미가 있는 곳을 보고 있다고 생각해야 하나?"

마리아는 유미를 힐끗 봤다. 유미는 눈치채지 못했다.

"그렇게 생각해도 모순은 없어."

쇼헤이는 동의했다.

"창고 안에 보관된 인형이 오랜만에 바깥 인간을 접촉해서 흥미를 가지고 나왔어. 창고 밖에 흥미를 가지고 이것저것 조사하고 있다고 해석해도 되지 않을까?"

쇼헤이는 화이트보드의 메모 왼쪽에 적힌 3주 전 기록을 지우고 새로 적었다.

"창고에서 대학 연구실, 안 선생님이 마음에 들었는지 아니면 전학생이 마음에 들었는지는 알 수 없지만 그 뒤에는 차를 타고 선주 저택. 그 후 학교. 주위 세계에 흥미를 가지고 조사하고 있다고 생각하면 아귀는 맞아."

자신이 쓴 글자와 메모를 돌아보고 쇼헤이는 수성펜을 놓았다.

"다만 과거 우주인과 관계가 있었을지도 모르는 인형이 그런 알기 쉬운 동기로 행동한다고 생각해도 될지, 그렇게 알기 쉬운 판단을 해도 될지 모르겠단 말이지."

"괜찮지 않을까?"

마리아는 어쩔 수 없다는 듯이 말했다.

"만약 마리코 인형이 우리는 이해할 수 없는 기준으로 움직이고 있다면, 그렇다면 더 이상 어쩔 수 없잖아. 안이하든 간단하든 알기 쉬운 쪽으로 어떻게든 된다면 충분한 거 아냐?"

"그래도 되려나."

"그럼 간단하네."

마사키는 PC 책상으로 향해 신중하게 자세를 잡았다.

"현 상황에서 천문부 명찰을 단 인형의 보고는 없고, 대계단에도 옥상에도 시계대에도 인형은 보이지 않아. 위로 올라가고 있다고 하면 인형이 있는 곳은 천문대일 거야."

45도 각도로 수도를 내리쳤다. 자물쇠 달린 서랍은 평소처럼 열렸다.

"어쩔래? 천문대를 열어달라고 선생님한테 말할래?"

"소용없지 않을까?"

쇼헤이는 열쇠를 찾아 서랍을 휘젓기 시작한 마사키를 보고 있었다.

"안 선생님은 괴담이나 오컬트에 약하잖아."

"우주인 역시 비슷한 거 아냐?"

"우주인이라면 우주인이라고 설명이 붙으니까 괜찮대."

"그럼 우주인의 괴담이나 오컬트라면 어떨까?"

"글쎄? 애초에 우주인의 괴담이 진짜 있는지 지구인이 이해할 수 있을까."

쇼헤이와 마리아는 누구랄 것 없이 유미를 봤다. 화이트보드를 보고 있던 유미가 시선을 알아차린 듯이 이쪽을 향해 싱긋 웃었다.

"왜 그러세요?"

"그게, 마리코 인형이 뭘 하고 있는 거 같아?"

"구경하는 거라고 생각해요."

유미는 화이트보드로 시선을 되돌렸다.

"자신이 어디에 있는지 확인하려는 것 같아서요."

무슨 소리를 하는 거냐는 얼굴로 쇼헤이와 마리아는 얼굴을 마주 봤다.

저번에 왔을 때는 먼지가 희미하게 쌓여 있던 시계탑 안은 돌다리 시계점 점주의 정기 정비가 있었던 덕분에 완전히 깨끗해져 있었다. 백열전구에 비친 벽 쪽의 시계뿐만 아니라 계단 위 천체망원경을 둥근 구동 바닥과 함께 지탱하는 낡은 동력 부분도 손질했는지 기계유 냄새도 새로워져 있었다.

"어라, 완전히 깨끗해졌네."

시계탑의 기계실에는 작은 창문밖에 없다. 쇼헤이는 오래돼서 거무스름한 나무 바닥판을 실내화로 가볍게 걷어찼다. 저번 같은 발자국은 남지 않았다. 둘러봐도 일본 인형의 흔적도 없었다.

"발자국 정도는 남아 있을 줄 알았는데."

"마리코 인형이?"

마리아가 쇼헤이를 살짝 째려봤다.

"그 인형이 걸어 다닐 거 같아?"

"그야 진짜 그 크기로 아장아장 걸어 다닌다고는 생각 안 하지만, 추적당하고 있다는 걸 알면 발자국을 남기는 정도의 지혜는 있을 것 같지 않아?"

마리아는 잠시 생각에 잠겼다.

"그건 단서를 남기기 위해서라는 거야? 아니면 추적하는 쪽을 속이기 위해서라는 거야?"

"어느 쪽이든 하고 싶은 쪽이겠지."

그 밖에 뭔가 단서라도 없나 싶어서 쇼헤이는 전구의 인공적인 빛에 비쳐지는 기계실 내부를 둘러봤다.

"원하는 때 원하는 곳으로 갈 수 있는 것치고 일부러 자동차 안을 노려 이동한 건 장거리 이동을 할 수 없거나 이쪽에 흥미가 있는 건가."

"흥미도 딱히 떨어진 것 같지는 않은데."

마리아는 천장의 망원경을 지탱하는 구동 바닥을 올려다봤다.

"우리가 아냐. 아마 안 선생님에게 흥미를 가졌을 거야."

"어째서?"

"글쎄?"

마리아의 시선을 좇듯이 쇼헤이도 기계실 천장을 올려다봤다.

"아마 가장 반응이 요란하고 재미있어서가 아닐까?"

"일단 설득력은 있네."

"그렇다면 위인가?"

쇼헤이는 벽돌벽에 만들어진 철계단을 올려다봤다. 천장과 같은 평면에 설치된 천문대로 올라가는 문은 전에 봤을 때와 마찬가지로 닫혀 있었다.

"받아."

마사키에게 열쇠 꾸러미를 받은 쇼헤이는 천문대로 올라가는 문을 여는 막대 열쇠를 찾으며 벽을 따라 난 좁은 계단을 올라가기 시작했다. 천장과 같은 수평면의 문 열쇠 구멍에 막대 열쇠를 질러 넣어 문을 열었다.

"자아, 과연 계실까요?"

쇼헤이는 위로 열리는 문을 열었다.

캄캄할 터인 돔 바닥에 빛이 한 줄기 선을 그리고 있었다. 천체망원경의 대물렌즈를 돌리는 돔의 슬릿이 살짝 열려 있는 것을 깨닫고 쇼헤이는 구동 바닥에 똑바로 그려진 빛의 선 앞을 좇았다.

천문돔 슬릿 틈으로 비치는 방과 후의 기울어진 태양 빛은 아직 벽에 닿지 않았다. 태양빛의 가느다란 빛이 바닥에 그려내는 직선이 끊어진 그 앞에 벽에 기대듯이 일본 인형이 서 있었다.

"왜 그래?"

아래 층계에서 마사키가 콕콕 찔러서 쇼헤이는 정신을 차렸다.

"계셨어."

천장과 동일면의 문이 닫히지 않도록 한껏 열고 쇼헤이는 앙각을 세운 낡은 20센티미터의 굴절 천체망원경이 설치된 천문돔의 구동 바닥으로 올라갔다.

불을 켤까 했지만 아직 해가 떠 있는 지금이라면 슬릿을 여는 편이 빠르다는 것을 깨닫고 개방용 핸들에 조심스레 손을 뻗었다.

돌다리 시계점 주인의 정기 정비 덕분인지 저번에 왔을 때는 먼지를 희미하게 뒤집어쓰고 있었을 핸들을 쥐어도 먼지가 많은 감촉은 느껴지지 않았다. 록을 해제해 크랭크의 핸들을 돌리기 시작하자 희미하게 열려 있을 뿐이었던 돔의 슬릿이 천천히 열리기 시작했다.

꼭 닫은 상태라면 돔의 슬릿은 태양 빛도 들어오지 않는다. 그러지 않으면 비바람이 들이닥쳤을 테니 전에 왔던 누군가가 살짝 열어둔 채 돌아갔다고도 생각할 수 없다.

핸들을 돌리며 쇼헤이는 크게 열려가는 슬릿에서 비쳐드는 바깥 빛에 비치는 일본 인형으로 눈길을 줬다.

"혹시 여기까지 열었나?"

"뭔데?"

이어서 올라온 마사키가 물었다. 쇼헤이는 고개를 저었다.

"아니, 아무것도 아냐."

"오, 있다 있어."

마사키는 바로 벽 쪽에 기대듯이 서 있는 마리코 인형을 알아차렸다.

"뭐 하러 온 거지?"

인형이 큰 천체망원경의 접안렌즈 쪽에 서 있는 것을 깨달았다.

"역시 천체를 관측하러 온 건가?"

"그럼 보여주면 납득하려나."

돔의 슬릿을 활짝 열 때까지 돌리고 쇼헤이는 핸들에서 손을 뗐다. 마사키에 이어서 올라온 마리아가 눈부시게 내리쬐는 햇빛에 비치는 하얀 망원경과 벽 쪽의 마리코 인형을 번갈아 봤다.

"아직 낮이야. 태양 흑점이라도 보여줄 거야?"

"지금 시기라면 태양 반대편에 이미 달이 떴을 테니까 그쪽으로 향해주면 돼."

구동 바닥으로 이어지는 급한 계단을 유미가 올라왔다. 쇼헤이는 막 입부한 유미가 천문돔에 왔을 때를 떠올렸다.

"아니, 별을 보러 온 게 아니라 관측 설비를 보러 온 건가?"

"뭐가요?"

쇼헤이의 시선을 눈치챈 유미가 고개를 갸웃거렸다.

"아니, 전에 유미가 천문돔을 보러 오고 싶다고 말했을 때는 별이 보고 싶어서 온 게 아니지?"

잠시 생각하고 유미는 고개를 끄덕였다.

"네. 이 학교에 있는 관측 설비를 확인하려고 왔을 거예요."

"마리코 인형도 마찬가지라면?"

쇼헤이는 인형으로 시선을 되돌렸다.

"오전에 도서관에 가서 천문이나 별의 도감을 봤다면 여기가 어디인지, 여기에서 보이는 별의 배치가 우주의 어디 부근에 있는지를 읽어서 알지 않았을까?"

"인형이?"

마사키도 마리코 인형을 봤다.

"책을 넘겨 내용을 읽은 거야?"

"누구도 인형이 책을 넘겨 읽는 모습은 보지 못했어. 이동하는 모습을 누구도 보지 못한 것과 같아서 책을 읽지 않는다고 누구도 단언할 수 없어. 책을 넘기지 않고 내용을 읽을 수 있을지도 모르고, 이쪽이 보지 않을 때 책의 페이지를 넘겼을지도 몰라."

"쇼헤이가 하는 말 대로라고 치고."

마리아가 의심 가득한 눈초리를 쇼헤이에게 향했다.

"그럼 왜 마리코 인형이 여기에 오고 싶어 해? 현재 위치를 알았다면 굳이 확인할 필요는 없지 않아?"

"최신 천문연감을 봐도 데이터는 얼마 전 관측 데이터야. 최신 상황을 보고 싶으면 스스로 확인하는 수밖에 없다고 생각했거나, 아니면 어떤 관측 설비가 있는지 확인하러 왔거나."

고개를 갸웃거리며 쇼헤이는 계속 말했다.

"아니면 지구의 천문학 수준을 확인하고 싶었던 건가?"

"어쩔 거야?"

마사키는 천문 돔을 돌아봤다.

"달 볼 거야?"

쇼헤이는 굴절식치고는 파격적으로 큰 망원경을 올려다봤다. 1학년 때 천문부 입부 직후에 사용법을 한 번 배우고 토성의 고리까지 본 적이 있지만, 그 이후로 망원경을 사용한 천측 관측은 한 적이 없다.

"상대가 달이라면 도출하는 것도 그리 어렵지는 않을 거야."

우선 달의 방향을 확인하고 망원경을 가동 바닥과 함께 회전시켜 방향을 맞추는 순서를 떠올리며 쇼헤이는 90도로 꺾인 접안렌즈 쪽에 놓여 있는 작은 병을 봤다. 선배가 만든 천체망원경용 비전서를 파일로 만든 것이 있을 터다.

"보는 건가요?"

유미가 기쁜 듯이 목소리를 높였다.

관측 돔 안 망원경으로 천체 관측을 하기 위해서는 우선 돔의 슬릿을 열고 이어서 망원경의 대물렌즈를 관측 대상으로 삼을 별로 향해야 한다. 대형인 20센티미터 굴절 망원경을 관측 돔과 함께 회전시키는 구동 바닥은 적도의와 연동해 관측 목표로 계속 향할 수 있을 터다.

"그런데 움직이는 법을 벌써 다 까먹었어."

쇼헤이는 연동하는 작은 의자가 딸린 망원경의 접안렌즈 쪽 관측 돔에 만들어진 고풍스러운 조작판으로 다가갔다. 벽에 기댄 마리코 인형을 힐끗 봤지만 이쪽을 보기 위해 고개를 돌리지는 않았다.

"어떻게 하는 거였더라."

책상 위의 오래된 파일을 손에 들어 펼쳤다. 희미한 기억과 설명서의 기록을 맞춰 조작 방법을 해독했다.

"우선 망원경을 관측 대상 방향으로 향하라."

천문대의 설비가 새것이었던 시절에는 돔도 망원경도 스위치 하나로 원하는 방향으로 향했을 것이다. 오랜 세월 동안 독일제 모터는 움직이지 않게 되었고, 점검을 담당하는 돌다리 시계점의

주인은 기계가 전문이라 전기 수리를 미루는 것과 동시에 회전 기구를 개조해 인력으로 돔이 움직이도록 만들었다.

"마사키."

쇼헤이는 마사키를 불러 돔의 북쪽에 있는 조타륜같이 크고 둥근 핸들로 다가갔다.

"우선 돔을 돌리자."

"예이 예이, 힘쓰는 일은 남자가 해야지."

남학생 둘이 혼자서 돌리기에는 좀 크고 둥근 핸들을 잡고 힘을 줬다. 천문돔을 망원경이 실린 구동 바닥과 함께 회전시키는 핸들은 움직일 때는 뻑뻑했지만 의외로 쉽게 돌기 시작했다. 하지만 그렇게 무겁지 않은 기어비로 설정된 탓인지 바닥은 유심히 보지 않으면 움직이는 것을 알 수 없을 정도로밖에 회전하지 않았다.

"와아, 느려!"

힘차게 핸들을 돌리면서 마사키가 소리를 냈다.

"이렇게 천천히만 돌아가는 거였냐!"

"그야 뭐, 하늘의 일주 운동을 따라가는 거니까 이 정도여야지."

"일주 운동은 뭐야?"

"지구가 자전해 태양과 성좌가 동에서 서로 움직이는 것처럼 보이는 운동을 말해. 잠깐 스톱."

쇼헤이는 조타륜 같은 핸들 옆의 커다란 철봉을 눈치챘다.

"뭐야?"

"이게 여기 있다는 건 변속 기어라는 뜻인가?"

철봉 끝에는 자전거의 구식 로드 브레이크 같은 레버가 달려 있었다. 쇼헤이는 철봉 끝의 손잡이와 함께 바를 쥐어봤다. 레버에 이어져 있는 로드는 스토퍼에도 이어져 있는지, 레버를 쥐지 않는 상태라면 꼼짝도 하지 않는 철봉은 레버를 쥐자 움직였다.

"좋아."

레버를 쥐고 철봉을 부채꼴로 움직였다. 덜컹덜컹 톱니바퀴가 맞물리는 반응이 느껴지고 철봉은 다른 자리에 들어갔다.

"좋아, 이제 돌려보자."

"알았어."

남자 둘이 핸들에 달라붙어 힘을 합쳤다. 마사키가 소리를 높였다.

"와아, 갑자기 무거워졌어!"

"역시 회전용 변속 기어였나. 어떻게든 되겠으니 이대로 돌리자."

아까보다 낫다고 할 수 있을 정도의 각속도로 관측 돔의 바닥이 회전했다.

"잠깐만."

회전하는 바닥에 서 있던 마리아가 손을 들었다.

"누군가가 온 것 같아."

회전 바닥에 열린 문으로 아래를 내다봤다.

"오오, 열려 있잖아. 마침 잘 됐다, 실례 좀 할게."

"누구야?"

마리아가 아래로 말을 걸었다.

"관측 돔은 지금 천문부가 사용 중이야!"

"전파연의 사사키 덴지로다!"

목소리가 돌아왔다.

"전파계?!"

쇼헤이가 클리셰인 되묻기를 했다.

"전파연이야. 지금 잠시 괜찮겠어?"

"무슨 일인데?"

"오늘 아침부터 묘한 전파원이 교내 이곳저곳을 돌아다녀서 방과 후에 본격적으로 탐색해봤더니 이 위가 발신원인 것 같아서 보여줬으면 하는데."

"묘한 전파의 발신원?"

천문부원의 얼굴을 둘러보며 쇼헤이는 아래쪽으로 다시 외쳤다.

"무슨 소리야?"

"정상파야."

목소리만 돌아왔다.

"전파인데 확산하지 않고 감쇠하지 않는 이상한 정상파가 우리 관측에 잡혔어. 방과 후가 돼도 사라지지 않아서 찾다가 여기까지 온 건데."

퍼뜩 깨닫고 쇼헤이는 관측 바닥 구석에 앉아 있을 마리코 인형을 봤다.

없다.

"지금도 그 전파원은 여기 있어?"

"지금?"

스위치를 달칵이는 듯한 소리와 함께 대답이 돌아왔다.

"아니, 지금은 검출되지 않는데……."

"알았어."

쇼헤이는 핸들에서 떨어져 바닥에 크게 열린 출입구로 돌아갔다. 구동 바닥이 회전해서 붙박이 계단에서 조금 어긋나 있었다.

"괜찮아, 올라와. 구동 바닥을 되돌릴까?"

"이 정도라면 괜찮아. 그럼 실례합니다."

살짝 어긋난 계단에서 헤드셋을 목에 걸고 스위치투성이인 기계를 어깨에 벨트로 멘 채 한 손에는 작은 TV 안테나 같은 야기 안테나를 든 전파연의 사사키 덴지로가 올라왔다.

"오오, 안은 이렇게 돼 있군."

일반 학생에게 관측 돔은 벽돌 교사의 가장 위에 있는 친숙한 시설이다. 그러나 바로 그 천문부원조차 1년에 한 번도 들어가지 않는 잠긴 시설이어서 외부인이 안에 들어갈 기회는 거의 없었다.

"뭐 하고 있는 거야 너?"

쇼헤이가 권총 손잡이가 달린 야기 안테나를 대형 권총처럼 든 덴지로를 수상쩍게 바라봤다. 덴지로는 작은 안테나가 평행으로 몇 개나 이어진 안테나의 끝으로 돔을 한 바퀴 돌아봤다.

"그러니까 의문의 전파원을 탐색 중이라니까. 사라지지 않는 전파가 어딘가에서 나와서 그 출처를 찾고 있어."

"사라지지 않는 전파?"

쇼헤이는 다시 한번 마리코 인형이 앉아 있던 곳을 봤다.

"그 전파는 지금도 여기 있어?"

"아니."

몸과 함께 안테나를 한 바퀴 돌리고 덴지로는 어깨에 멘 기기 투성이 장치로 시선을 떨어뜨렸다.

"사라졌어. 지금 어디에도 진동하지 않아. 있어야 아니, 실례 했군."

"잠깐만, 그 얘기 좀 자세히 들려줘."

"어라, 별일이네. 전파계의 얘기인데? 짚이는 거라도 있어?"

"그쪽 설명을 이쪽이 이해할 수 있다면 얘기해줄게. 그러니까 알기 쉽게 설명해."

"어디 보자."

덴지로는 설명을 기다리는 쇼헤이뿐만 아니라 관측 돔에 있는 천문부원의 얼굴을 둘러봤다.

"이거 곤란하군. 진심으로 전파의 설명을 듣고 싶은 거냐. 대체 무슨 일이 있었던 거야?"

"그러니까 그쪽 설명이 먼저야. 솔직히 말하자면 이쪽 역시 무슨 일이 일어났는지 정확히는 몰라."

"알았어. 으음, 어디부터 설명해야 하지?"

쇼헤이는 같은 천문부원들의 얼굴을 훑어봤다.

"너희 전파연에 비하면 이쪽은 모두 아마추어야. 알기 쉽게 부탁해."

"길어질 거야."

"짧게."

마리아가 낮은 목소리로 위협하자 덴지로는 씩 웃으며 한 손을 들었다.

"음, 우선 원래 전파라는 건 파동이야. 빛보다 파장이 길고 눈에 보이지 않는 정도의 빛이 전파야. 엄밀히는 입자거나 파동이거나 여러모로 문제가 있지만, 파장이 음파보다 높고 빛보다 짧은 게 전파라고 대략적으로 생각해주면 돼."

"또 대략적인 설명을."

"알기 쉽게 말하란 건 그쪽이야. 전파도 종류가 잔뜩 있어서 주파수나 출력에 따라 성질이 다양해. 주파수가 높아지면 높아질수록 빛에 가까워지니까 건물이나 산에 막히기 쉬워지거나, 반대로 그렇게 높지 않으면 소리처럼 닫힌 문 저편에서도 들리거나 해. 전파의 기본은 이 정도면 될까?"

덴지로는 부원들의 얼굴을 둘러보고 주머니에서 작은 플래시라이트를 꺼냈다.

"지금 여기에 라이트가 있어. 전파는 눈에 보이지 않으니까 이게 전파 대신이야."

거꾸로 쥔 플래시 라이트 바닥의 버튼을 엄지로 눌러서 덴지로는 불을 켰다. 가느다랗게 압축된 하얀 빛이 관측 돔의 어두운 곳으로 쏘아졌다.

"전파보다 훨씬 주파수가 높지만 지금 이 라이트에서 나오는 빛도 전자파의 일종이야. 지금 이 라이트에서 쏘아진 전파는 벽에 부딪쳐 반사돼 확산하고 있어."

덴지로는 라이트를 껐다.

"전파의 발사를 끊으면 빛은 사라져. 그럼 처음에 발사한 빛은 어떻게 됐지?"

마리아와 마사키는 무슨 소리를 하느냐는 얼굴로 덴지로를 봤다.

"빛은 광속으로 벽에 부딪혀 반사돼 어딘가로 날아갔어."

쇼헤이가 대답했다.

"그런 거야?"

덴지로는 고개를 끄덕였다.

"대략적으로 그래. 전파는 빛과 마찬가지로 광속으로 날아가다 어딘가에 부딪치면 반사되거나 흡수되기도 하지만 그대로 계속 날아가기도 해. 그리고 또 한 가지, 전파는 발사한 그 순간부터 확산돼."

덴지로는 꺼진 라이트의 렌즈를 쇼헤이의 얼굴로 향했다.

"지금 여기서 켜면 눈부시겠지만 좀 떨어지면 눈부시지 않게 돼. 교사 구석까지 떨어지면 켰는지 켜지 않았는지도 알 수 없게 될지도 몰라. 왜지?"

"……확산하니까?"

질문의 의도를 파악하지 못한 채 쇼헤이는 덴지로의 말을 반복하듯이 대답했다.

"그래. 일반적인 빛이라면 확산하고 퍼져가. 발사된 빛도 전파도 어디까지나 무한하게 날아가지만 확산하여 엉성해지는 사이에 눈에 보이지 않게 돼서 커다란 안테나라도 없으면 잡을 수 없고, 조만간 분석 가능한 한계를 넘어 노이즈와 구별하기 어려워져."

덴지로는 스위치를 끈 플래시 라이트를 주머니에 넣었다.

"전파도 마찬가지야. 소리와 똑같이 진동이 일어나면 확산하면서 날아가고, 조만간 사라져. 전파는 광속이고 목소리라면 음파니까 음속으로 날아가지만, 대체로 조만간 확산해 사라져."

덴지로는 권총 손잡이가 달린 안테나를 오른손으로 바꿔 들었다.

"그런데 확산하지 않고 감쇠도 하지 않는 전파가 검출되면 어떻게 할래?"

천문부원들은 제대로 이해하지 못한 채 얼굴을 마주 봤다. 쇼헤이는 덴지로에게 시선을 되돌렸다.

"잘 모르겠지만 그런 전파는 존재하지 않는 거 아냐?"

"맞아."

이제 와서 무슨 소리를 하느냐는 얼굴로 덴지로는 천문부원들의 얼굴을 둘러봤다.

"그렇기 때문에 전파연이 총출동해서 발신원을 찾을 가치가 있어. 그야 지구상에 존재하지 않을, 전자파뿐만 아니라 물리 법칙을 아예 무시한 터무니없는 설정의 전파니까. 대체 뭘 어떻게 하면 그런 게 존재할 수 있는지 꼭 발신원을 찾아 조사해보고 싶어."

"한 번 발사된 전파가 감쇠도 하지 않고 확산도 하지 않는다라."

쇼헤이는 주의 깊게 덴지로의 말을 반복했다.

"그러면 어떻게 되는데?"

잠시 생각하고 덴지로는 대답했다.

"전파가 확산도 하지 않고 감쇠도 하지 않은 채 계속 날아가게 돼."

"레이저 광선처럼?"

"오, 조금은 아는구나. 아니, 레이저 광선 역시 평소 쓰는 거리라면 퍼지지 않겠지만, 수천만 킬로미터나 억 단위의 거리를 날아가면 발사 때보다는 흐려져 확산해. 그야 완전하게 위상이 갖쳐진 레이저를 아무 장애물 없는 무한한 공간에 발사하면 감쇠도 확산도 없이 그대로 날아간다는 이론지만, 현실 세상에서는 여러 모로 무리가 있는 설정이야."

"하지만 전파연이 검출한 전파는 그런 감쇠도 확산도 하지 않고 계속 날아가는 전파잖아?"

쇼헤이는 문득 어떤 것을 깨닫고 질문했다.

"계속이라면 대체 얼마나 긴 시간이야?"

덴지로는 하늘로 향한 관측 돔의 천체망원경을 올려다봤다.

"별과 마찬가지야. 밤하늘의 별이 몇백 광년이나 몇만 광년 떨어져 있다는 건 저건 몇백 년이나 몇만 년 전에 발사된 빛이잖아? 보통 빛이나 전파조차 감쇠하거나 확산하며 몇천 몇만 년이나 날아왔으니까, 이게 감쇠도 확산도 하지 않는 전파라면 아마 계속 날아가겠지."

"그게 뭐야."

쇼헤이는 한숨을 토했다.

"거의 괴이 현상이잖아."

"맞아."

덴지로는 만족스러운 듯이 동의했다.

"이해가 빨라서 좋군."

"잠깐만."

고개를 갸웃거리며 쇼헤이는 덴지로에게 얼굴을 들었다.

"광속으로 날아갈 전파가 아무리 퍼지지 않고 약해지지도 않는다고 해도 어떻게 몇 번이나 검출할 수 있어?"

쇼헤이는 수상쩍다는 얼굴로 권총 손잡이에 세트된 야기 안테나를 봤다.

"빛과 똑같다면 똑바로 날아가 돌아오지 않는 거 아냐?"

덴지로는 왼손에 든 플래시 라이트를 천장을 향해 깜빡였다.

"빛과 똑같아. 전파도 다양한 곳에 반사돼. 일반적인 전파라면 장애물에 부딪쳐 확산하거나 흡수되고 열로 바뀌어 사라지거나 하지만, 이 전파는 확산하지 않고 감쇠도 하지 않아. 완벽한 거울에 부딪친 빛처럼 아무리 가도 사라지는 일은 없어."

"그럴 수가……."

겨우 쇼헤이는 덴지로가 하는 감쇠하지 않는 전파의 이상함을 이해하기 시작했다.

"켜놓은 전구 같네."

마리아가 솔직한 감상을 말했다.

"그러네."

덴지로는 긍정했다.

"비슷할지도 몰라. 다만 이 전구는 전선에 연결되지 않아도 멋대로 계속 빛나."

"그 에너지는 어디에서 오는 거야?"

쇼헤이는 더 심각한 얼굴로 질문했다.

"전원도 없이 계속 빛나는 전구라니, 그런 영구 기관 같은 편한 게 이 세상에 존재할 리가 없잖아."

"맞아."

덴지로는 히죽 웃었다.

"그러니까 우리가 총출동해서 찾고 있는 거야. 뭔지 알면 가르쳐주지 않을래?"

쇼헤이는 마리아와 얼굴을 마주 보고 나서 유미를 봤다. 유미는 평소의 미소를 띠고 고개를 끄덕였다. 무슨 표정인지 알 수 없는 마사키를 보고 쇼헤이는 천천히 한숨을 토했다.

"……저기, 감쇠도 하지 않고 확산도 하지 않는 전파를 잡아서 너희는 대체 뭘 할 셈이야?"

"잡아?"

과장된 목소리로 덴지로는 되물었다.

"무리야. 광속으로 날아다니는 데다 멋대로 원하는 방향으로 반사되는 전파를 잡을 수 있겠어? 그야 완벽한 거울로 둘러싼 방이라도 있고 그 안에 전파를 입사시킬 수 있으면 잠시 동안은 유지할 수 있을지도 모르지만."

"아까부터 말하는 완벽한 거울은 뭐야?"

마리아가 물었다. 덴지로는 대답했다.

"빛이든 전자파든 비친 것을 100% 완전하게 반사하는 거울이야."

"일반 거울은 안 돼?"

"안 돼 이게. 거울은 완전하게 보여도 완전한 평면이 아니라 빛을 100% 전부 반사하지 않아. 그야 아무데서나 산 거울도 99.9% 이상의 반사율로 본다면 완벽하게 보이지만, 실제로는 만져도 알 수 없는 요철이 있고 먼지 역시 붙어. 빛은 그런 미묘한 곳에서 산란하거나 확산하고, 열이나 뭔가 다른 것이 되어 감쇠해. 이 세상의 소재를 아무리 연마해도 완벽한 이상 평면은 만들 수 없고,"

만약 가령 그런 것을 만든다 해도 전체를 완전하게 반사하는 소재도 없어. 그러니까 완벽한 거울은 이론상 상상은 할 수 있어도 실제로 만들지는 못해."

"잠깐만."

쇼헤이는 덴지로의 얼굴을 다시 봤다.

"자기 멋대로 원하는 쪽으로 날아가는 전파라고 지금 말했지?"

덴지로는 눈으로 웃으며 고개를 끄덕였다.

"눈치챘어? 아니, 증거가 있어서 그렇게 말한 건 아니지만 그렇게라도 생각하지 않으면 날아가면 그만인 전파가 우리 학교 안에서 자랑할 만한 정밀도를 내지도 않는 이런 안테나에 몇 번이나 걸릴 리 없잖아?"

"몇 번이나 걸렸다는 거야?"

쇼헤이는 신중하게 질문했다. 덴지로는 고개를 끄덕였다.

"오늘 아침부터 몇 번이나."

"발신원의 장소는 특정했어?"

"그걸 했으면 이런 곳까지 찾으러 오지 않았지. 하지만 후보라면 몇 개 있어."

"어디야?"

"교무실, 도서실, 가장 최근은 여기, 천문대."

덴지로는 빈손으로 앙각을 세운 천체망원경을 가리켰다. 그리고 그 손끝을 쇼헤이에게 향했다.

"그리고 천문부 부실."

쇼헤이는 덴지로가 들고 있는 야기 안테나를 보고 덴지로의 얼굴을 봤다.

"음, 유미. 부실에 가서 아직 마리코 씨가 있는지 보고 와줄래?"

"알겠어요."

"쇼헤이!"

마리아가 나무라는 듯한 소리를 냈다. 쇼헤이는 덴지로에게서 눈을 떼지 않았다.

"그리고 만약 마리코 씨가 방에 있으면 소개하고 싶은 친구가 있으니까 데리고 올 테니 기다려달라고 전해줘."

"알겠어요."

유미는 뚜벅뚜벅 관측 돔 바닥에 난 문으로 움직이기 시작했다. 살짝 어긋난 계단으로 내려가려 하다 깨달은 듯이 얼굴을 들었다.

"저기, 기다리라고 어떻게 전하면 될까요?"

"맡길게."

"네."

"마리아도 따라가서 지원해줘."

"지원이라니 뭘."

"방에 마리코 씨가 없으면 있을 만한 곳을 찾아봐서 방으로 데리고 돌아와."

"말은 참 쉽네."

마리아는 관측 돔에서 내려간 유미를 쫓아갔다.

"못 해도 불평은 하지 마."

"말해 뭐 해."

쇼헤이는 덴지로에게로 상대를 바꿨다.

"지금 다른 전파연 부원과는 연락할 수 있어?"

"물론."

덴지로는 허리 벨트 뒤에 찬 트랜스시버를 두드려보였다.

"배치할래?"

잠시 생각하고 쇼헤이는 고개를 저었다.

"아니, 아직 괜찮아. 사정을 먼저 설명한 다음이 아니면 도망칠 거야."

"호오."

덴지로는 흥미로운 듯이 고개를 끄덕였다.

"그래서 마리코 씨는 누구야?"

쇼헤이는 덴지로에게 씩 웃었다.

"우리 신입 부원이야."

"정확히 말하자면 마리코 씨는 우리 학교 학생이 아냐."

이과준비실 겸 천문부 부실 문 앞에서 쇼헤이는 덴지로에게 말했다.

"그러는 편이 가장 무난하다고 해두자."

"괜찮은데? 미인일 것 같은 이름이라 기대돼."

"사실은 임시 입부조차 하지 않았지만, 으음……."

그 이상의 설명은 포기하고 쇼헤이는 방문을 노크했다.

"들어와."

방 안에서 마리아의 목소리가 들렸다.

"있어."

"그거 다행이야."

쇼헤이는 덴지로에게 돌아섰다.

"미안하지만 밖에서 잠시 기다려줘. 마리코 씨에게 사정을 설명할게. 얘기는 그때부터야."

"이쪽은 아직 설명을 전혀 못 들었는데."

닫힌 이과준비실의 문을 보고 덴지로는 쇼헤이를 봤다.

"그건 나중에 정리해서 해주겠지?"

"그럴 수 있을 거야."

쇼헤이는 고개를 끄덕였다.

"믿어줄지 믿어주지 않을지는 모르지만. 그럼 전파연은 마사키와 같이 밖에서 기다려줘."

문을 열고 쇼헤이는 방으로 들어갔다. 재빨리 문을 닫았다.

덴지로는 남겨진 마사키에게 몸을 돌렸다.

"너희 뭘 하는 거야?"

마사키는 닫힌 문을 보고 대답했다.

"아마 전파연과 비슷한 걸 거야."

"흐음."

덴지로는 고개를 끄덕이고 닫힌 천문부 부실의 문을 봤다.

"그렇군."

잠시 있다 다시 문이 열렸다. 들어가려 한 덴지로를 막아서고 쇼헤이와 마리아, 유미까지 복도로 나왔다.

"뭐야 대체, 마리코 씨한테 거절당했어?"

"아니, 아직 몰라."

굳이 다시 한번 부실 문을 닫고 쇼헤이는 고개를 저었다.

"만약 마리코 씨가 납득해 전파연을 만나준다면 마리코 씨는 아마 아직 방에 있을 거야. 하지만 만나고 싶지 않다면 사라졌을지도 몰라. 들어가 볼래?"

"이해는 잘 안 가지만 그런 거라면 가볼게."

쇼헤이는 다시 한번 문을 살짝 열고 방을 들여다봤다. 크게 열었다.

"오케이, 계신다. 소개할게, 마리코 씨야."

덴지로는 천문부 방으로 발을 들였다.

"마리코 씨, 소개할게. 우리 고등학교 전파연의 시노키 덴지로야."

"안녕하세요."

소개를 받고 인사하듯이 안테나를 들면서 덴지로는 고문인 안 선생님 책상에서 구식 CRT 디스플레이를 등지고 앉은 긴 흑발의 일본 인형을 빤히 응시했다.

"전파연의 시노키입니다."

심각한 쇼헤이의 얼굴을 힐끗 보고 덴지로는 일본 인형을 다시 봤다.

"그렇군, 이렇게 나왔나."

붉은 비단 속옷도 선명한 기모노를 입은 인형의 가슴에 천문부, 마리코라고 적힌 판이 끈으로 묶여 늘어져 있었다.

"저기, 이쪽이 마리코 씨야?"

인형에게서 눈을 떼지 않고 덴지로는 확인했다.

"그래. 덴지로, 이게 마리코 씨야."

덴지로를 보고 쇼헤이는 화면을 등받이 삼아 책상에 앉힌 마리코 인형으로 눈을 돌렸다. 긴 흑발의 고풍스러운 일본 인형은 당연하다는 듯이 그곳에 있었다.

"안녕하세요, 저기."

인형에게 말을 걸려다가 덴지로는 쇼헤이에게 물었다.

"일본어 통해?"

"글쎄? 통할 것 같은 소통 방법을 알면 시험해봐."

"그런 편리한 게 있으면 처음부터 썼지."

가볍게 숨을 고르고 덴지로는 안의 책상 위에 앉아 있는 마리코 인형의 앞으로 걸어갔다.

"다시 인사할게요, 안녕하세요. 이와에 고등학교 전파연의 시노키 덴지로입니다."

가볍게 인사하고 덴지로는 이야기를 계속했다.

"저희는 전파연이라는 곳으로, 전파의 검출이나 전파를 써서 여러 연구를 합니다. 오늘 여기에 찾아온 것은 오늘 아침부터 신기한 전파가 이 부근을 날아다니는 것을 검지해서 그 정체를 알아내고자 천문부의 협력을 얻기 위해서입니다."

덴지로는 뒤에서 보고 있는 천문부 일동에 고개를 살짝 돌렸다.

"이렇게 하면 돼?"

"괜찮지 않을까?"

팔짱을 끼고 쇼헤이는 마리코 인형에게서 눈을 떼지 않았다.

"마리코 씨, 사라지지 않았네."

"응? 마음에 안 들면 사라지는 거야? 그럼 정중하게 설명해야겠네. 그러니까, 저희는 연구가 전문이라 마리코 씨에게 위해를 가할 마음은 전혀 없습니다. 마리코 씨가 싫다면 지금부터 계획도 실행하지 않을게요. 어떠세요, 이 방 주위에 안테나를 배치하고 마리코 씨를 잠시 조사해도 괜찮을까요?"

그저 앉아 있기만 한 인형에게 덴지로는 계속 말했다.

"조사한다 해도 주위에 안테나를 놓고 무엇이 날아다니는지 조사할 뿐이라서 마리코 씨를 만지거나 할 생각은 없습니다. 괜찮을까요?"

대답을 기다리듯이 마리코 인형을 봤다 반응은 없었다.

"오케인가? 안 되나?"

덴지로가 쇼헤이에게 참고 의견을 요구했다. 쇼헤이는 어깨를 으쓱거렸다.

"만약 뭔가 마음에 안 든다면 마리코 씨는 아마 어딘가로 가버릴 거야. 여기서 사라지지 않으면 아마 괜찮은 게 아닐까."

"사라지는 거냐."

덴지로는 다시 책상 위 인형을 봤다.

"그거 또 꽤 성가시네. 어떻게 사라지는지 누가 봤어?"

덴지로는 천문부원 일동의 얼굴을 봤다. 전원이 모두 고개를 저었다.

"이래저래 이유를 모르는 건가요. 할 수 없지, 흔히 있는 얘기야."

덴지로는 마리코 인형에게 다시 몸을 돌렸다.

"그럼 이 주위에 안테나를 배치할게요. 아, 마리코 씨는 그대로 있어도 됩니다. 복도와 교정과 옥상, 합쳐서 네 곳에 안테나를 배치하고 검출할 수 있는지 없는지 시험할 뿐이니까요."

문득 생각났다는 듯이 덴지로는 한 손에 들고 있던 손잡이가 달린 야기 안테나를 들어 올렸다

"그리고 눈앞. 이 방 안에도 안테나를 놓아도 될까요?"

대답을 기다렸다. 마리코 인형은 움직이지 않았다.

"제멋대로지만 협력해주시는 거라고 해석하겠습니다. 싫어지면 언제든지 말씀해주세요, 바로 중단할 테니까."

덴지로는 허리에 차고 있던 트랜스시버를 빼 마리코 인형에게 보였다.

"방송 전파나 휴대전화 등 여러 가지가 난무하는 가운데 새삼스럽다는 느낌도 들지만, 지금부터 이 트랜스시버로 부원들에게 연락을 취해 안테나를 배치하겠습니다. 다양한 소리가 들릴지도 모르지만 들려서 곤란한 이야기는 없으니 신경 쓰지 마세요."

덴지로는 트랜스시버의 토크 버튼을 누르고 같은 채널을 쓰는 부원들에게 연락을 개시했다. 외부인은 이해하기 힘든 약호(略號)와 기호로 안테나 배치와 계획을 위한 지시를 날렸다.

"그럼 준비가 완료될 때까지 잠시 기다려주세요."

한바탕 연락을 마치고 덴지로는 실험 탁자의 비어 있는 공간에 트랜스시버와 어깨에 벨트로 메고 있던 스위치투성이의 계측기기를 놓았다.

"저기, 여기 좀 잠시 빌려도 될까?"

"상관없는데, 뭐 하려고?"

"이 안테나를 고정할 거야."

덴지로는 손에 들고 있던 야기 안테나를 보였다.

"돌아다니며 계측하는 게 아니면 고정하는 편이 정밀도가 좋아. 음, 저쪽 철제 선반이면 되나."

덴지로는 주머니에서 핸드 클램프를 꺼내 벽의 철제 선반으로 들고 간 야기 안테나를 고정하기 시작했다. 작업하는 사이에 입을 열었다.

"물어봐도 돼? 저 마리코 인형은 전부터 천문부에 있던 게 아니지?"

"맞아."

쇼헤이는 순순히 대답했다. 덴지로는 거듭 물었다.

"마리코 인형은 어디서 왔어?"

잠시 생각하고 쇼헤이는 대답했다.

"이와미 대학의 산속 옛 탄약 창고."

"흐음."

덴지로는 안테나 고정 작업을 계속했다.

"마세 연구실에 간 건가."

마리아와 마사키가 깜짝 놀란 듯이 덴지로를 봤다. 쇼헤이는 눈치채지 못한 척 고개를 끄덕이고 대답했다.

"어, 안 선생님 소개로."

"그렇군. 그럼 이렇게 하면 될까? 마리코 씨, 당신에게 안테나가 향하지만 이건 이쪽에서 뭔가를 발사하는 게 아니라 전파를 잡기만 하는 안테나입니다. 부디 신경 쓰지 말고 편하게 있어 주세요."

덴지로는 실험 탁자에 놓은 계측기기와 고정한 야기 안테나의 접속을 확인하고 트랜스시버를 들었다. 다른 전파연 부원들에게 연락을 취해 안테나의 배치가 완료됐는지 확인했다.

"오케이."

트랜스시버를 한 손에 든 채 덴지로는 부실의 시계와 자신의 손목시계를 비교했다. 그대로 실험 탁자의 계측기기로 손을 뻗었다.

"이쪽 신호로 계측 개시야. 어, 여러 가지 소리가 들릴지도 모르지만 위험하지 않고 폭발하지도 않으니 신경 쓰지 마세요. 그럼 카운트 제로에 계측 개시, 3, 2, 1, 제로!"

덴지로는 계측기기의 메인 스위치를 눌렀다.

이곳저곳에 달린 작은 불빛과 계기가 켜졌다. 한 호흡 뒤에 휴대전화의 착신음이나 전자레인지 소리, 차임 등의 소리가 묶여서 울리기 시작했다.

"뭐, 뭐야?"

"미안, 휴대용 기계여서 일일이 보지 않아도 뭐가 반응하는지 알 수 있도록 소리가 울리게 하고 있어."

덴지로는 빛과 계기가 요란하게 깜빡이고 있는 계측기기의 이곳저곳에 달린 다이얼을 재빨리 조작해 볼륨을 낮췄다.

"대단하네, FM뿐인 줄 알았는데 UHF과 AM에서까지 제대로 반응이 나오고 있어. 잠깐 실례."

덴지로는 선반에 고정한 안테나로 손을 뻗었다. 방향을 바꿨다. 요란하게 이곳저곳을 깜빡이던 계측기기의 빛이 눈에 보이게 느려지고, 볼륨을 낮춘 다양한 전자음도 조용해졌다.

덴지로는 안테나의 방향을 정확히 마리코 인형에게 맞췄다. 계측기기의 빛이 요란하게 깜빡였다.

"오, 오, 설마 이렇게까지 분명하게 나올 줄이야."

덴지로는 만면에 웃음을 띠고 천문부원들을 둘러본 다음 책상 위 마리코 인형에게 다시 몸을 돌려 인사했다.

"이와에 고등학교에 오신 것을 환영합니다. 당신이 정상파의 발신원이군요."

마리코는 디스플레이를 등에 대고 앉아 있다. 실험 탁자 위 계측기기는 요란하게 계속 깜빡이고 있었다.

"발신원이라니."

쇼헤이는 앉아 있는 마리코 인형을 봤다.

"마리코 씨는 평범한 일본 인형이었다고 했어. 속은 나무와 천이고 머리는 도기에 눈은 유리, 전에 조사했을 때와 달라진 점은 아무것도 없었대. 그런데 그런 이상한 전파의 발신원이야?"

"그게 말이지. 아…….."

덴지로는 설명 방식을 생각하듯이 마리코 인형을 봤다.

"발신원이라 했지만 어차피 상대는 확산하지 않고 감쇠도 하지 않는 전파야. 덕분에, 말했잖아, 아마 자신이 원하는 때 반사되어 원하는 곳으로 갈 수 있다고. 그래서 아마 마리코 씨가 발신원이 아니라 마리코 씨에게 전파가 붙어 있는 거라고 생각해."

쇼헤이는 마리코 인형을 보고 덴지로를 봤다.

"전파가 마리코 인형에게 달라붙어 있다는 거야?"

"그렇게 이해하면 아마 틀리지 않을 거야."

덴지로는 마리코 인형에게 눈길을 줬다.

"전파가 붙기 쉬운 소재나 기모노를 짜는 방식에 특정 조건이 있는 건지도 모르지만, 아마 인형은 안테나나 콘덴서의 역할밖에 하지 않지 않을까. 그러니까 최신 기술로 아무리 조사해봐야 아무것도 나오지 않아."

"인형이 아니라 감쇠하지 않는 전파 쪽이 본체라는 거야?"

"잘은 모르지만 그렇지 않을까?"

"그럼 그 전파는 어떤 전파야? 수신할 수 있다면 여러 가지를 알 수 있잖아?"

"아니 그게, 그렇게 쉽지는 않아."

"뭐라고?"

"그야 상대가 방송국에서 내는 것처럼 트랜스시버를 사용한, 주파수도 변조도 복조도 전부 아는 깔끔한 전파라면 얘기는 간단해. TV든 라디오든, 경우에 따라 휴대전화를 연결해 기계가 제대로 처리해줘. 하지만 이 전파는 그렇게는 안 돼."

"뭐라고?!"

"어디서 어떻게 날아왔는지, 애초에 어떻게 생겼는지도 알 수 없는 전파거든. 이쪽 안테나에 걸리는 걸 일단 전자파라고 분류할 수 있는 것만으로도 만만세고, 이렇게 쉽게 발신원이 발견된다고 생각하지 않았기 때문에 미래의 전개는 아무것도 생각하지 않았어."

계측기기의 이곳저곳을 만지면서 덴지로는 대답했다.

"설명했잖아, 원래 존재하지 않을 전파라고. 이렇게 쉽게 발신원을 특정할 수 있다면 더 생각 좀 할 걸 그랬어."

"전파연 주제에 수신한 전파를 어떻게 못 하는 거야?!"

마리아가 고함을 질렀다. 덴지로는 항복하듯이 양손을 들었다.

"그러니까 전파가 날아다니는 것과 전파 수를 알아도 거기에 맞춘 TV나 라디오를 만들지 않으면 수신을 못 하는 것과 똑같아. 이 경우 마리코 씨가 어떤 라디오나 트랜스시버를 쓰고 있는지, 애초에 그런 데 쓸 수 있는 전파인지조차 모른다니까."

"먼 옛날 통신기나 암호기를 소중히 보관하고 있는 걸 자랑하는 전파연이잖아?! 가지고 있는 골동품으로 어떻게든 못 하는 거야?!"

"가지고 있는 골동품 역시 전부 선조님이 설계하고 조정해 자신들이 쓸 수 있게 했던 기계야. 이런 영문 모를 전파를 갑자기 수신해봐야 그대로 잡음이 재생되는 게 결말이야."

"그럼 어떡해야 되는데?!"

"알 게 뭐야! 샘플을 잔뜩 모아 분석하면 어떻게든 될지도 모르지만. 닥치는 대로 컴퓨터에 패턴을 분석시킨다고 해서 먼저 뭘 어떻게 해야 좋을지 모른다고."

"마리코 씨가 전파의 형태로 여기에 있다는 거야?"

쇼헤이는 인형과 계측기기를 비교했다. 덴지로는 고개를 끄덕였다.

"그것만은 확실히 계측했어. 그건 틀림없어."

"마리코 씨가 아니라 전파는 뭘 하고 있어?"

덴지로는 쇼헤이에게 얼굴을 들었다.

"뭘 하다니?"

"그게, 마리코 씨는 처음에는 창고 안에 있었어."

쇼헤이는 순서에 따라 설명을 개시했다.

"어제 저녁. 그리고 그 후 차를 타고 안 선생님 집에 가고 오늘도 안 선생님 차를 타고 우리한테, 이 방에 왔어."

"스스로?"

"누구도 움직이는 건 못 봤어."

쇼헤이는 화면을 기대고 앉은 마리코를 봤다.

"눈을 잠시 떼었다 정신을 차리면 없어져 있어. 오늘 아침에는 방에 있었지만 그 후 도서실, 그리고 관측 돔에서 발견됐어. 완전히 뭔가를 조사하고 있다고 생각했어."

"조사하고 있다고?"

"그러니까 뭘 어떻게 하고 있는지는 모르지만 책의 내용을 보거나 눈앞에 있는 것을 분석하는 정도는 할 수 있지 않을까 생각했어. 전파라니……."

쇼헤이는 말하기 힘든 듯이 물었다.

"볼 수 있어?"

"그게, 적어도 지금 검출한 주파수는 인간의 가시 범위보다 상당히 아래쪽에 있고, 애초에 보는 건 빛을 감지한다는 건데 이건 빛이 아니거든."

덴지로는 중얼중얼 말하기 시작했다.

"하지만 도서관에서 인쇄된 걸 본다면 빛이든 전자파든 반사율만 다르면 판독할 수 있는 거야?"

"책장이 덮인 책을 어떻게 읽을 수 있어?"

미심쩍어하는 얼굴로 마리아가 물었다. 덴지로는 팔짱을 끼고 생각하며 대답했다.

"그야 전파라면 아주 짧은 거리라면 책의 페이지 정도는 투과할 수 있고, 일반적인 전파라면 감쇠하지만 이 전파는 아무리 가도 감쇠하지 않는다는 특기가 붙어 있으니."

"전파가 글자를 읽을 수 있어?"

"저거?"

덴지로는 이상하다는 얼굴로 인형의 가슴에 달린 명찰을 가리켰다.

"너희도 그렇게 생각해서 천문부, 마리코라고 적은 거 아냐?"

그 말을 듣고 마리아는 쇼헤이와 얼굴을 마주 봤다.

"아니, 그때는 인형이 본체지 설마 전파 쪽이 본체라고 생각하지 않았거든."

"듣고 보니 그러네."

마리아는 간단히 인정했다.

"그럼 마리코 씨는 글씨를 읽을 수 있어. 즉 보이는 거지?"

"보이는지 보이지 않는지는 본인에게 물어보지 않으면 모르지만."

덴지로는 천문부원들의 얼굴을 둘러보고 인형을 봤다.

"하지만 적어도 천문부는 마리코 씨의 인격을 인정하고 명찰을 준 거 아냐?"

"그건 그렇지만 그건 마리코 씨가 스스로 글자나 영상을 인식해 이해하지 않을까 생각했기 때문이지, 아무리 그래도 전자파만으로 그런 일을 하다니……."

쇼헤이는 심각한 얼굴로 마리코 인형을 바라봤다.

"……야, 전파연을 기대하고 부탁이 있는데."

"이제 와서 뭔데."

"마리코 씨와."

쇼헤이는 덴지로에게 몸을 돌렸다.

"소통을 할 수 없겠어?"

"뭐?"

되묻고 덴지로는 인형과 안테나, 계측기기를 시간을 들여 천천히 다시 봤다.

"소통이란 같은 것을 보고 같은 것을 생각하고, 적어도 최소한 같은 언어를 못 쓰면 할 수 없어. 상대는 규격도 전혀 알 수 없는 전파인데 어떻게 소통을 할 셈이야?"

"그래서 전파연에 부탁하는 거야."

쇼헤이는 덴지로가 손에 든 트랜스시버를 가리켰다.

"그 트랜스시버, 주파수 FM이지? 마리코 씨의 주파수가 FM에도 나온다면 거기로 말을 걸면 목소리로 반응이 있기를 기대할 수 있지 않아?"

"그렇게 간단히 될 리가 있겠냐! 말하는 건 육성이지만 그걸 FM 전파로 변환해 수신한 쪽에서 목소리로 바꿔 재생하는 거야. 상대에게 같은 변환 방법을 어떻게 알려서 이해시키면 되냐고."

"그건……."

잠시 생각하고 쇼헤이는 대답했다.

"만약 마리코 씨가 책을 읽을 수 있다면 전파 관련 기술 책을 읽게 하면 어떻게든 이해해서 이쪽에 맞추기를 기대할 수 있지 않을까?"

"이보셔, 상대가 방송 전파처럼 진폭 변조나 주파수 변조인 줄 알아? 애초에 아날로그인지 디지털인지조차 모르는데, 너무 무모하다고 생각하지 않아?"

"……그런가."

덴지로의 말을 완전히 이해하지는 못했지만 쇼헤이의 얼굴은 더 심각해졌다.

"주파수가 나왔다고 그걸로 상대의 정체를 알아낸 건 아니구나. 아날로그와 디지털은 그렇게 달라?"

"달라. 라디오와 TV만큼 달라. 어느 쪽이든 규격이 있어서 거기에 맞추지 않으면 수신도 할 수 없어. 마리코 씨의 전파는 수신은 했지만 어느 주파수를 날리고 있는지 알아냈을 뿐 어떤 수신기라면 의미 있는 수신을 할 수 있는지 할 수 없는지도 몰라."

"어떻게 하면 알 수 있게 돼?"

질문을 받고 덴지로는 으음, 하고 머리에 손을 대고 생각에 잠겼다.

"샘플이 잔뜩 있으면 분석해서 어떻게든 되려나. 상상해봐, 예를 들어 몇 주 동안 쌓인 방송 전파 원본 데이터가 있고, 그거 이외의 방송 기재도 테이프 덱도 아무것도 없는 경우 어떻게 하면 원본 데이터에서 방송 프로 재생을 할 수 있을까?"

"······TV도 없다는 건가."

"그래. 애초에 TV로 수신하는 전파인지도 아닌지도 몰라."

"그런 사태라면 수신한 전파를 분석해 패턴을 찾고, 으음······."

상상되는 작업의 막대함에 쇼헤이는 긴 한숨을 토했다.

"암호를 해독하는 것 같네."

"사전 없이 고대 문학을 해독하는 것에 가까워. 게다가 전파가 상대라면 문자의 수가 몇 개 있는지도 알 수 없어. 상대에게 그럴 마음이 있고, 협력해준다 해도 대체 뭐부터 시작해야 할지."

"저기요, 마리코 씨."

이야기를 듣던 유미는 두 무릎에 손을 대고 디스플레이를 등지고 앉은 마리코 인형의 얼굴을 들여다봤다.

"우리는 당신과 이야기를 나누고 싶어요. 이야기를 할 수 있나요?"

"······듣고 있다고 생각해?"

"모르지만 우리도 일단 저렇게 말을 걸었고, 그것으로 아마 이해할 거라고 기대했고, 그리고."

쇼헤이는 마리코 인형과 대화를 시작한 유미에게 눈길을 줬다.

"잠시 눈을 떼자 바로 사라진 마리코 씨가 지금까지 사라지지 않고 어울려줬으니까 거부하지는 않은 게 아닐까."

"이야기하기 위해 여러 가지를 조사하고 싶어요. 그러기 위해서 무엇을 하면 될지도 잘 모르지만 협력해주시겠어요?"

"듣고 있는 것처럼 보이네."

덴지로는 감탄했다.

"튜닝이 가까운가."

"무슨 소리를 하는 거야."

마리아가 덴지로를 살짝 째려봤다

"아니, 이 애라면 왠지 얘기가 통하는 것처럼 보여서."

"전파 계측이라면 미노야마 천문대가 전문인가."

쇼헤이가 혼잣말처럼 말했다. 덴지로는 고개를 끄덕였다.

"어. 거기라면 아마 옛날부터 모은 다양한 데이터도 있을 테고, 패턴 해석에 알맞은 괴물 같은 슈퍼컴퓨터도 있어."

"음……."

쇼헤이는 마리코 인형에게 느긋하게 말을 걸고 있는 유미를 바라봤다.

"우리끼리 뭔가 못 해?"

"응?"

"아니, 그러니까 미노야마 전파 천문대에 얘기를 가져가서 그쪽의 관측 설비를 총동원해 마리코 씨를 조사하면 나름대로 성과가 나올 거 같은데."

쇼헤이는 유미와 마리코 인형을 쳐다봤다.

"다만 안 선생님이든 마세 씨든 얘기를 가져가자마자 마리코 씨를 끌고 가서 이쪽 손을 뗄 것 같지 않아?"

잠시 생각하고 덴지로는 고개를 끄덕였다.

"틀림없어."

"지금 마리코 씨는 이와대의 산 중턱 탄약 창고에서 마세 연구실을 경유해 천문부에 얹혀 있는 몸이야. 여기저기로 사라지기도 하는 마리코 씨가 원하는 곳에 떨어뜨리고 올 수 있는 명찰을 달아준 건 지금 신분을 싫어하지 않는다는 뜻이라고 생각해. 하지만 만약 지금까지 있었던 일을 안 선생님이나 마세 씨, 아니면 미노야마 천문대의 사에키 씨 등에게 보고하거나 상담하면 아마 마리코 씨는 회수될 거야."

덴지로는 당연하다는 얼굴로 동의했다.

"하지만 싫으면 바로 어딘가로 가버리는 특기가 있지 않아?"

"어. 애초에 마리코 씨가 여기에 온 것도 탄약고에서 데리고 나온 게 아니라 안내해준 마세 씨의 차에 어느새 탔기 때문이고, 연구실에 회수됐지만 이번에는 안 선생님 차를 타고 선주 저택까지 갔어."

"호오."

덴지로는 마리코 인형에게 눈길을 줬다.

"보기와 다르게 활동적이네."

"오늘 아침에는 안 선생님 차를 타고 등교해 유미가 우리 방까지 데리고 왔고, 수업 중에 어디로 갔는지는 아는 대로야. 물론 사라지는 모습도 나타나는 모습도 아무도 못 봤어."

"그러면 마세 연구실에 회수되든 미노야마 천문대에 연행되든 인형과 함께 사라지거나 전파만 어디로 날아가서 상황이 종료되거나 하지 않을까."

"그렇다면 역시 우리끼리 어떻게든 하고 싶어. 적어도 지금이라면 마리코 씨가 협력해줘."

쇼헤이는 열심히 인형에게 말을 걸고 있는 유미를 힐끗 봤다.

"확실하게 장담은 못 해도 바로 도망쳐 어디로 갔는지도 알 수 없는 사태는 아니야."

"의욕은 좋다고 생각하고 방침에도 반대는 안 하지만 구체적으로 어떻게 할 생각이야."

"글쎄."

쇼헤이는 실험 탁자 위의 계측기기와 안테나와 디스플레이를 등지고 앉은 인형을 둘러봤다.

"우선 기본에 충실하게 샘플을 채취하고 안테나로 수신한 전파는 기록하고 있잖아?"

"그야 카드가 들어 있으니까 계측을 개시하고 기록은 하고 있는데."

"그러면 샘플을 채취할 만큼 채취해서 컴퓨터로 패턴을 분석하자."

"누가?"

덴지로는 천문부 부원들의 얼굴을 봤다. 전원의 시선이 쇼헤이에게 집중됐다.

"어떤 컴퓨터로?"

전원의 시선이 마리코 인형이 등받이 삼아 앉아 있는 비품인 구형 컴퓨터로 모였다.

"아니, 이런 구식으로는 아무리 그래도."

정신이 번쩍 든 듯한 얼굴로 쇼헤이는 손을 탁 쳤다.

"그러고 보니 이거 미노야마의 주력 컴퓨터에 연결되어 있었을 거야."

"천문부라면 네트워크로 천문대의 데이터에도 들어갈 수 있지 않아?"

"그야 관측 데이터뿐이라면 마음대로 볼 수 있지만 그래도 어떻게 그 괴물 같은 슈퍼컴퓨터에 들어가? 애초에 이 녀석은 윈도우조차 없는데."

쇼헤이는 아차 싶은 얼굴로 비품인 구식 컴퓨터 앞에서 열심히 인형에게 말을 걸고 있는 유미를 봤다.

"유미!"

"네, 네?"

유미는 깜짝 놀란 얼굴로 인형에게서 몸을 돌렸다. 쇼헤이는 컴퓨터 본체의 메인 스위치와 디스플레이 스위치를 켰다.

"전에 여기에서 미노야마 천문대에 접속했던 거 기억해?"

몇 번인가 눈을 깜빡이고 유미는 신중하게 고개를 끄덕였다.

"네……."

"그러면 이 컴퓨터 사용법 알지?"

유미는 더 신중하게 마리코 인형이 기대고 있는 디스플레이와 투박한 유선 키보드를 번갈아 봤다.

"……네, 왠지 알 것 같아요."

"좋았어, 그럼 여기서 미노야마 천문대의 핵인 슈퍼컴퓨터로 접속해서……."

쇼헤이의 눈이 이리저리 움직였다.

"접속해서 어떡해?"

덴지로는 어깨를 으쓱거렸다.

"미노야마라면 데이터 해석용 프로그램이 얼마든지 있겠지만, 그게 대체 어떻게 슈퍼컴퓨터에서 해석되는지 짐작도 안 가. 역시 그쪽 전문가에게 도움을 요청하는 게 낫지 않겠어?"

쇼헤이는 켜진 구식 브라운관식 디스플레이를 등에 대고 앉은 마리코 인형을 봤다.

"아니, 연락이라면 언제든지 할 수 있어. 일단 최대한 해보고. 그래도 결과가 아무것도 안 나올지 마리코 씨가 정나미가 떨어질지 알 수 없지만, 마세 씨나 사에키 씨에게 연락하는 건 그 다음에 해도 상관없지 않을까?"

"어, 그럼 일단 오늘은 의문의 전자파 기록을 계속할까."

"비품 컴퓨터도 좀 더 빠르면 다양하게 쓸 수 있으려나."

기동한 컴퓨터의 로그인 화면을 바라보며 쇼헤이는 중얼거렸다. 유미가 물었다.

"어떻게 할까요?"

"으음, 일단 미네야마 천문대에 들어가 전파 천문 관계 데이터, 그리고 천체가 발사원이 아니라 어디에서 날아왔는지 알 수 없는 전파의 기록이 있는지 조사해봐."

"특수 전파원이가요?"

자신 없는 듯이 디스플레이 앞에 앉은 유미는 미안하다는 듯이 마리코 인형을 안아 무릎에 올렸다.

"죄송해요, 지금부터 천문대 데이터를 보러 갈 건데 같이 보실래요?"

다다다다, 하고 쇼헤이나 안보다 빠른 터치로 유미는 키보드를 두드리기 시작했다. 로그인 화면에 부원용 비밀번호를 입력해 화면상에 영자가 늘어선 입력 화면에 들어갔다.

유미의 무릎 위에 앉은 마리코 인형은 키보드 너머로 화면을 보고 있는 것처럼 보였다.

"야……."

"뭐야?"

"전파가 인터넷에 들어갈 수 있다고 생각해?"

쇼헤이의 질문을 받고 덴지로는 고개를 갸웃거렸다.

"이런 안테나로 척척 검출할 수 있을 정도의 전파야. 그대로 미세한 전자 회로에 들어가면 순식간에 숯덩이가 돼."

덴지로는 고개를 더욱 갸웃거렸다.

"하지만 전파 전체의 어디까지가 본체이고 어디까지가 말단인지, 다른 전파나 전기 신호와 교신하거나 컨트롤할 수 있을지는 알 수 없으니까 만약 현 네트워크의 구조를 마리코 씨가 이해하면 컴퓨터 안의 데이터뿐만 아니라 네트워크 안의 정보도 전부 볼 수 있게 될 거야."

책상 위에서 전화가 울리기 시작했다. 낡은 사무 의자에 몸을 맡기고 멍하니 있던 안은 얻어맞아 일어난 듯이 전화를 받았다.

"네, 이와고 교무실입니다…… 아, 부장님?!"

"언동에는 주의를 하세요."

제5관구 정보부장인 사에키는 전화 너머로 안을 부드럽게 타일렀다. 제정신을 차린 안은 교무실을 둘러봤다.

"아니요, 괜찮습니다. 무슨 일이 있나요?"

"이와고에서 네트워크(천문대)로 아까부터 빈번한 접속이 있습니다. 접속원은 이와고 천문부 부실의 컴퓨터, 유리스. 안 씨가 관리하는 단말기죠?"

"그렇습니다."

유리스는 안이 이과준비실의 컴퓨터를 인수하기 전부터 붙어 있던 컴퓨터의 고유명사다. 수화기를 귀에 댄 채 안은 직원실 시계를 올려다봐 현재 시각을 확인했다. 특별 활동을 하고 있어도 슬슬 전교가 하교할 시간이다.

"접속 실력도 열람 속도도 상당합니다. 뭘 하는지 알고 있습니까?"

"아니요…… 저희 유리스에서 미노야마로 공격이 가해지고 있나요?"

"아니요, 크래킹 같은 위험한 공격이 실시되고 있지는 않습니다. 지금은 권한 속에 공개된 데이터를 체크하고 있을 뿐인 것 같지만 이상하게 실력이 좋은 점과 그 장르가 신경 쓰여서요."

"실력이 좋아요?"

안은 서류 밑에서 키보드를 끄집어내 거치대에 얹은 디스플레이를 자신 쪽으로 향했다. 키보드를 두드려 이과준비실 컴퓨터와 네트워크의 사용 상황을 확인했다.

"아, 과연. 이렇게 빠른 키 터치는 아마 미카지마 유미일 겁니다. 본인에게 자각은 없지만 그녀는 지금 저희 고등학교에서 제일가는 오퍼레이터니까요. 하지만 장르는 뭔가요?"

"전에 왔을 때는 보기에 좋은 천체 사진이 주였지만 이번에는 전파 데이터, 그것도 천체에서 유래된 것이 아닌 데이터를 찾고 있는 것 같더군요."

"아……."

안은 주위를 둘러봤다. 일본 인형은 보이지 않았다.

"저기, 실은 어제 이와미 대학의 구 탄약고에서 일본 인형을 빌려왔습니다."

"탄약고에서?"

사에키의 목소리가 낮아졌다.

"일본 인형은 그 옛날 움직이고 말했던 기록이 있는 일본 인형인가요?"

"잘 아시네요, 역시 사에키 씨. 으음."

뭐라고 설명했는지 생각해보고 안은 마음껏 설명을 생략했다.

"아무래도 그 일본 인형이 붙은 것 같은데, 그와 관련된 것일지도 모르겠어요."

"붙었다고요?"

"아아, 현재는 실질적인 해도 없으니 걱정하지 마세요. 저희 부원들이 돌보고 있을 테니까요. 만약 그와 관련된 일이라면 잠시 못 본 척을 해주시겠어요?"

"실제로 해가 없다면 괜찮다고는 생각합니다만."

"거기에 관해서는 이쪽에서 어떻게 하겠습니다. 위험해질 것 같으면 가차 없이 네트워크에서 내쫓고 혼내주세요. 부탁드립니다."

뭔가 움직임이 있으면 바로 보고하기로 약속하고 안은 전화를 끊었다. 끊은 전화기를 잠시 바라보고 나서 책상 위의 휴대 단말기를 들고 전화를 걸었다.

"마세 연구실이죠? 안이야. 인형? 아니, 지금 나한테 없어. 아마 우리 부실에서 부원들이 상대하고 있을 거야. 그리고 아무래도 미노야마 천문대의 데이터베이스에 접속하기 시작한 거 같은데, 그래, 물론 네트워크를 경유했어. 귀찮은 일이 생기지 않도록 그쪽에서도 지켜봐 주겠어?"

학생에게 특별 활동 종료와 귀가를 알리는 종소리가 스피커에서 울리기 시작했다.

"응, 잘 부탁해. ⋯⋯그러네, 이제 하교 시간이니까 오늘 건 슬슬 끝날 거야. 끊을게."

휴대전화를 끊고 시간표를 확인한 후 한숨을 토하고 안은 교무실 의자에서 일어섰다.

"고문으로서 상황을 보러 가야겠어."

"들어간다."

안은 최대한 평소처럼 이과준비실 문을 열었다. 대화가 끊어진 순간처럼 조용해진 준비실 안에서 평소보다 훨씬 많은 시선이 안에게 모였다.

안은 흥미로운 얼굴로 준비실 안 학생들을 둘러봤다. 평소 천문부원에 더해 전파연구부 부원 몇 명, 그리고 부실로 반입된 소형 안테나 몇 개가 선반과 벽에 설치되어 있었다.

"안녕하세요."

와이셔츠 차림의 전파연 부장, 시노키 덴지로가 한 손을 들고 인사했다.

"전파연에서 실례하고 있습니다."

"뭐 하고 있는 거야?"

안은 이과준비실로 들어갔다.

"오늘은 꽤나 북적이는군. 무슨 소란이야?"

"그게요."

쇼헤이는 컴퓨터의 구식 CRT 디스플레이를 등지고 앉은 마리코 인형으로 시선을 힐끗 보냈다.

"마리코 인형의 조사를 전파연이 협력해주고 있어요."

"응?"

안은 평소 천문부원에 더해 전파연 부원이 들어와 있는 데다 여러 전자 장비가 들어차 있는 덕분에 꽤나 분비는 이과준비실을 바라봤다.

"무슨 진전이라도 있어?"

"그게 말이죠……."

방에 있는 학생들의 얼굴을 대강 둘러보고 쇼헤이는 안에게 다시 몸을 돌렸다.

"마리코 인형에게 전파계 유령이 붙어 있지 않을까 해서 전파연과 협력해 조사하고 있는 참이에요."

"호오? 그래서 어떻게 됐어? 잘될 것 같아?"

"그게 전혀 안 그러네요."

쇼헤이는 과장스럽게 어깨를 으쓱거렸다.

"어림짐작으로 이것저것 시험했지만 아직 이거라고 자랑스럽게 리포트를 낼 만한 성과는 현재로서는 올릴 가망도 없어요."

"그래?"

다시 한번 방 안의 학생들 얼굴을 둘러본 안의 안색이 바뀌었다. 지를 뻔한 비명을 삼키고 천천히 숨을 토했다.

"하지만 이미 하교 시간이야. 오늘은 여기까지 하고 나머지는 내일 해."

퍼뜩 정신을 차리고 쇼헤이는 컴퓨터 디스플레이에 기대 앉아 있을 마리코 인형을 돌아봤다.

인형은 그곳에 없었다. 구식 대형 디스플레이가 명령 행을 비추고 있었다.

"사라졌어……."

"사라졌다."

덴지로가 영혼 없이 중얼거렸다.

"그렇군, 이건가."

지금까지 그곳에 있었을 일본 인형이 근처에 떨어지지 않았는지 덴지로는 주위를 살폈다.

"사라지는 걸 본 사람 누구 있어?"

전파연 부원들과 천문부원들이 얼굴을 마주 봤다. 대답은 없었다.

"아―, 아마 우리뿐만 아니라 마리코 씨도 슬슬 돌아갈 시간이라고 생각한 거 아닐까."

쇼헤이는 혼잡한 부실의 마사키와 전파연 부원 사이를 빠져나가듯이 움직였다.

"마리코 씨가 갈 곳은 짐작 가는 데가 있어. 가보자."

쇼헤이는 평정을 가장하고 방 입구에 선 안에게 말을 걸었다.

"선생님도 같이 가실래요?"

이와에 고등학교 직원용 주차장은 손님용으로도 쓰이고 있어서 하교 시간인 지금도 빈 공간은 많았다. 가성비를 최우선하는 국산 경차에서부터 취미인 클래식카까지 수준도 연식도 다양한 자동차가 주차된 직원용 주차장의 정위치에 안의 경승합차가 서 있었다.

"봐, 있네."

조수석 창문 너머로 차 안을 들여다본 쇼헤이가 기쁜 듯이 목소리를 냈다.

"선생님, 마리코 씨가 있어요."

이마에 손을 댄 채 고개를 숙이고 머리를 흔들고 나서 안도 조수석 쪽에서 차 안을 들여다봤다.

조수석에 당연하다는 듯한 얼굴을 하고 앞을 똑바로 보는 마리코 인형이 앉아 있었다.

"그렇군, 이런 건가."

앞유리로 조수석을 들여다본 덴지로가 운전석 쪽으로 돌아갔다.

"선생님, 열어봐도 되나요?"

"잠겨 있어."

안이 지친 얼굴로 손가락에 건 차 열쇠뿐만 아니라 여러 개가 뭉쳐 있는 열쇠뭉치를 덴지로에게 향했다.

"네, 그렇게 보여요."

밖에서 봐도 차는 잠겨 있는 것처럼 보였다.

"이쪽은 잠겨 있어."

조수석 쪽 앞과 뒷문 손잡이에 손을 대고 쇼헤이는 승합차가 잠겨 있는 것을 확인했다.

"이쪽도야."

운전석 쪽과 뒤쪽 해치에도 손을 대고 덴지로가 돌아왔다.

"즉 마리코 씨가 스스로 문을 열고 안으로 들어가 문을 잠갔다."

"하지 마."

"그렇지 않으면 천문부실에서 차 안으로 순간 이동한 건가?"

"거기까지 해둬."

낮은 목소리로 말하고 안은 손뼉을 짝짝 쳤다.

"마리코 인형도 돌아갈 시간이라고 하잖아. 너희도 얼른 뒷정리하고 돌아가."

안은 주차장의 승합차에서 등을 돌리고 걷기 시작했다. 쇼헤이가 등에 말을 걸었다.

"어라, 안 돌아가세요?"

"이쪽도 뒷정리할 게 있어. 애초에 학생보다 교사가 먼저 돌아갈 리가 없잖아."

"예이."

교사로 돌아가는 안을 전송하는 쇼헤이를 마리아가 쿡쿡 찔렀다.

"선생님이 진짜 우리가 뭐 하는지 모르는 거 같아?"

"당연히 모르는 척하는 거지."

쇼헤이는 교사로 돌아가는 안을 전송했다.

"안 선생님이 부실 컴퓨터의 사용 상황이나 하물며 접속하는 곳까지 보지 않을 리가 없어. 하지만 이렇게까지 아무 말도 안 한다는 건 이쪽이 뭘 하는지 어느 정도 파악하고 할 수 있는 데까지 해보라는 의미일지도 몰라. 만약 천문부뿐만 아니라 전파연까지 휘말려 잘못된 방향으로 나아가려 하면 틀림없이 중지를 할 테니까."

"한동안 마리코 인형하고 놀라는 뜻인가?"

덴지로가 말했다.

"선생님도 저래 봬도 이래저래 바쁘시니까. 그러니까 이쪽은 이쪽대로 할 수 있는 일을 하자."

제3일

다음 날.

마리코 인형은 전날과 마찬가지로 우메다 선주 저택에서 안 선생님의 승합차를 타고 등교했다. 유미에게 이끌려 아침의 천문부 부실에 출석, 그대로 수업 개시 때까지 부실에 놓여 있다가 첫 시간 종료 뒤에는 행방불명이 됐다.

그리고 점심시간.

"저기."

이과준비실로 가져온 도시락에도 손을 대지 않고 대형 CRT 디스플레이와 눈싸움하며 키보드를 두드리고 있던 유미가 미안하다는 듯이 쇼헤이에게 의자를 돌렸다.

"역시 안 되는 것 같아요."

"뭘 찾고 있어?"

이쪽은 도시락뿐만 아니라 노트북까지 가져온 덴지로가 물었다.

"천문대의 데이터베이스에서 천체 유래가 아닌 우주에서 온 전파를 찾게 했어."

쇼헤이는 하이 페이스로 가져온 편의점 도시락을 해치웠다.

"전파연에서 수신한 의문의 전파와 비슷한 패턴이 있으면 마리코 씨와 통신하는 데 도움이 되지 않을까 해서 조사하게 했는데."

"이거 또 꽤나 대략적인 조사로군."

"공개된 데이터는 잔뜩 있지만 일단 양이 많고, 보관된 데이터는 미해석된 원데이터뿐이에요. 비슷한 데이터가 있을지도 모르지만, 비슷한 데이터가 발견되기만 해도 분류되기 때문에 비슷한 수신 데이터가 늘어날 뿐이에요."

쇼헤이는 덴지로와 얼굴을 마주 봤다. 덴지로가 질문했다.

"……즉?"

"뭐, 예상을 했어야 했는데. 미노야마 천문대에서 이쪽이 접속할 수 있는 데이터는 당연하지만 처리되지 않고 분석되지 않은 원래의 관측 결과뿐이고 이쪽에 도움이 될 만한 분석되고 정리된 데이터는 없다는 뜻이야."

"어라라."

"그야 그렇겠지. 문법까지 해석할 수 있을 만한 이해하기 쉬운 통신 데이터가 있으면 맨 먼저 분석해 사전을 만들고 쓸 수 있게 되면 세계에 공개되는 곳에 놔두지 않을 거야."

도시락의 채소 절임을 집으며 쇼헤이는 덴지로에게 고개를 돌렸다.

"그런데 그쪽 성과는?"

애용하는 칠기 도시락통에 둥근 젓가락을 놓은 덴지로는 항복하듯이 두 손을 들었다.

"어제 채집한 데이터를 우리가 해석해봤는데 그게, 가까스로 뜻이 있는 신호라는 것과 대체로 출력이 일정하고 주파수도 대체로 정해진 곳으로 모이고 있다는 정도고, 거기서부터는 뭘 어떻게 해야 좋을지 모르겠어. 우리는 평범한 전파연이라 이런 영문

모를 데이터의 해석은 그야말로 전파천문학의 영역이라고 생각하는데, 너희 천문부였지?"

"전파천문학의 소양이 있는 부원이 있는 것처럼 보여?"

"그게."

덴지로는 시선을 하이 페이스로 키보드를 두드리고 있는 유미에게 향했다. 쇼헤이는 심각한 얼굴로 고개를 저었다.

"무리야?"

"아마도. 본인이 뭘 하고 있는지 자각이 없거든. 정보 수집은 특기지만 분석은 못 하는 타입이야."

"아, 그런 건가."

컴퓨터로 향한 유미의 뒷모습을 보고 덴지로는 고개를 끄덕였다.

"아까워! 저만한 스킬이 있는데 그렇게밖에 못 쓰는 건 정말 아까워! 때를 잘 만났다면 게임 플레이어로 세계에서 싸웠을지도 모르는데."

"문제가 많아서 무리라고 생각하는데."

"옛날의 마리코 인형은 스스로 움직이거나 말했다지?"

오늘 점심은 식당에서 해결하고 온 마리아가 질문했다.

"그렇게 들었어."

쇼헤이는 마리아에게 얼굴을 들었다. 마리아는 부실에 있는 천문부원과 전파 연구부장의 얼굴을 둘러봤다.

"지금의 마리코 씨가 움직이거나 말하는 건 누가 봤어?"

그 말을 듣고 쇼헤이는 덴지로와 얼굴을 마주 봤다.

"아니, 아무도."

"마리코 씨의 본체가 전파라면 본체는 몰라도 인형이 어떻게 순간 이동했는지도 모르는데 옛날에는 어떻게 움직이거나 떠들었다는 거야?"

"그야 인형이잖아."

쇼헤이는 실험 탁자에 앉아 있는 마리코 인형에게 눈길을 줬다.

"꼭두각시 인형이 아닌 거지?"

"그렇게 들었어. 엑스레이 사진까지 찍었지만 내용물은 천과 나무와 도기 부품이라 일반 인형과 다른 점은 아무것도 없었대."

마리아도 말없이 앉아 있는 마리코 인형을 봤다.

"도대체 예전에는 어떻게 움직이거나 말했다는 거지?"

"음."

덴지로는 심각한 얼굴을 하고 생각에 잠겼다.

"그런 오컬트는 역시 오컬트 연구부나 호러 연구부 같은 데로 가져가야 하는 거 아닐까?"

"그런 분야의 부가 이와고에 없는 건 알고 있을 텐데."

"옛날에는 오컬트 연구부도 민속학 연구부도 있었다고 들었는데. 그럼 적어도 향토사나 민속학이나 옛날 이야기에 해박할 것 같은 곳은……."

쇼헤이는 덴지로와 얼굴을 마주 봤다.

"그러고 보니 도서실 안쪽에는 옛날 특별 활동에서 만든 동인지나 발행 금지 책으로 파묻힌, 열람 금지의 열리지 않는 곳이 있다던데."

"엄선된 도서위원만이 열람 가능하대. 들은 적 있어."

"……지금 내가 누구를 생각하고 있는지 알겠어?"

"아마 같은 얼굴일 거야."

쇼헤이와 덴지로는 동시에 무거운 한숨을 토했다. 미심쩍어하는 얼굴로 마리아가 물었다.

"대체 뭔데."

"도서실에 마리코 씨와 관련된 자료가 있을지도 몰라."

쇼헤이는 마리아에게 우울해 보이는 얼굴을 들었다. 마리아와 이야기를 듣고 있던 유미의 얼굴이 환하게 빛났다.

"그럼 보여달라고 하면 되잖아."

"아, 안 돼. 아마 안 될 거야."

쇼헤이는 손을 대충 흔들었다.

"비밀 문고였나 열리지 않는 도서실이었나, 정식 명칭은 까먹었는데 도서위원 중 일부만 들어갈 수 있어."

"왜?"

"별명은 발행 금지 도서실."

덴지로는 심각한 얼굴로 팔짱을 꼈다.

"진짜 발행 금지된 책뿐만 아니라 대대로 학생에게 압수한 빨간책도 엄청난 양이 있다고 들었어."

"전에 중앙의 대학에서 전문가가 조사하러 왔고, 그때 출장 기간이 부족해져서 연장 신청을 한 채 아직 돌아오지 않았다는 얘기도 있어."

마리아의 냉동 광선 같은 시선을 깨닫고 쇼헤이와 덴지로는 놀라 얼굴을 들었다.

마리아는 천천히 고개를 저었다.

"알았어, 우리가 가면 되겠네."

그리고 방과 후.

"그런 소문은 거짓말이야."

근대적인 카드키에서부터 전시대적인 막대 열쇠까지 한데 모인 열쇠 다발을 손에 들고 앞을 걷는 반장이 말했다.

"폐쇄 서가가 있고 평소에는 열람할 수 없게 되어 있지만 도서위원 중, 그것도 일부만 들어갈 수 있다는 건 거짓말이야. 그리고 발행 금지 책도 압수된 책 수집품도 거짓말. 옛날부터 모아놓은 특별 활동 관련 자료나 문화 계열 부의 동인지 등이 전부 모여 있어서 졸업생인 선생님이 과거의 악행을 드러내고 싶지 않으니 적당한 소문을 흘린 거 아냐?"

반장은 키 크고 커다란 쌍여닫이문 앞에 멈춰 섰다.

"그런 것치고는 꽤나 엄중하게 잠겨 있네."

마리아는 눈앞의 큰 문에 주렁주렁 달려 있는 검고 굵은 쇠사슬과 몇 개나 되는 거대한 자물쇠를 바라봤다.

"선생님이나 졸업생이 재미로 굳이 엄중한 자물쇠를 달았나봐. 전부 열 수 있으니까 괜찮아. 다만 여기는 정리도 제대로 안 돼서 안이 엉망이야."

반장은 몇 개나 있는 열쇠를 골라 자물쇠를 열었다. 무거운 쇠사슬을 풀어 바닥에 내려놓고 커다란 막대 열쇠로 문을 열었다.

기름이 완전히 떨어진 이음매가 한쪽만 연 무거운 문을 크게 삐

걱대게 만들었다.

안을 들여다본 반장은 가져온 회중전등을 켰다. 슬쩍 들어가 안쪽 스위치를 올렸다.

딸칵딸칵, 하고 스위치 몇 개가 올라가는 소리가 나고 천장에 달린 오래된 백열전등이 어두운 폐쇄 서가실을 비췄다.

"미안해, 책에는 빛이 없는 게 나아서 이 방에는 창문은 하나도 없어."

문 안에서 반장은 방문자 둘을 불렀다.

"그런데 인형까지 데리고 와서 뭘 조사할 거야?"

"마리코 인형의 전승."

마리아는 인형을 안은 유미에게 몸을 돌렸다.

"알아? 옛날에 말하거나 걸어 다녔다는 인형."

반장은 두꺼운 안경 너머로 주의 깊게 유미의 팔 안에 얌전히 안겨 있는 일본 인형을 관찰했다.

"만나는 건 두 번째야."

반장은 웅크리고 유미의 팔 안에 있는 마리코 인형의 얼굴을 들여다봤다.

"안녕, 이 아니네. 도서실에서 한 번 봤으니까. 어서 와, 나는 도서부의 이카타 아키코야."

살짝 인사하고 반장은 일어섰다.

"이와대의 탄약고에서 왔다고 들었는데."

"잘 아네."

"이와대의 탄약고라면 근처 시골의 괴이 수집품이 있는 소문으로 유명해."

"어디서 유명하다는 거야."

중얼거리고 나서 마리아는 반장의 얼굴을 다시 봤다.

"……그리고 보니 반장은 초등학교 때부터 오컬트 마니아였지?"

"잊어버렸어."

반장은 등 뒤의 세 갈래 머리를 휘날리며 등을 돌렸다.

"그래서 뭘 조사하고 싶어?"

"물론 마리코 인형에 대해서야."

마리아는 반장에 이어 폐쇄 서가실로 들어갔다.

"이와대의 탄약고에 맡겨지기 전에 어디서 뭘 했는지는 모르지만, 옛날이야기의 전승에 남아 있을 만큼 유명한 인형이었잖아?"

"신문 기사 정도는 났던 모양이야."

"아는 거야?!"

"몇 안 되는 우리 지역 괴담이잖아. 그것도 옛날이야기가 아니라 메이지 시대, 기사도 여러 개 남아 있어서 당사자의 존재도 확인돼"

"거기까지 아는 거야?!"

마리아가 소리를 높였다. 반장은 이제 와서 새삼스럽다는 얼굴로 돌아서서 유미의 팔 안에 있는 인형을 봤다.

"마리코 인형 자체가 있는데 놀랄 만한 일이야?"

"그야 설마 그런 일이……"

문득 깨달았다는 듯이 마리아는 반장의 얼굴을 들여다봤다.

"혹시 자세히 알아?"

"다들 아는 정도밖에 몰라."

반장은 마리아에게서 눈을 뗐다.

"이 부근에서 가장 유명한 괴담이야."

"가르쳐줘!"

마리아는 반장의 어깨를 붙잡고 다가섰다.

"막혔어. 이 애가 뭔가 전파를 내서 이야기하는 것까지는 알았는데, 거기서부터 앞으로 전혀 나아갈 수 없어. 뭐 좀 알면 전부 가르쳐줘!"

"그러니까 다들 아는 정도밖에 모른다니까."

곤란한 얼굴로 반장은 마리아에게서 시선을 돌렸다.

"저기, 저쪽에 파일이 있었을지도 몰라."

"어디?!"

"그게……."

반장은 두꺼운 판자 한 장으로 짜인 키 높고 낡은 책장이 몇 줄 모여 섬을 만드는 폐쇄 서가실을 걷기 시작했다.

서류가 묶여 모여 있는 종이 케이스나 검은 천 장정 하드커버에 끈 달린 오래된 파일이 꽂힌 선반도 있었다. 가죽 장정 백과사전 같은 서양 책이나 오래된 대형 잡지 등을 모은 선반도 있었다. 반장은 책등도 읽지 않고 책장 안으로 척척 들어갔다. 마리아는 책장의 내용을 비스듬히 읽으며, 유미는 마리코 인형을 안은 채 흥미롭게 두리번거리며 따라갔다.

"저기, 아마 이게 아닐까?"

지역 신문인 이와에 신보가 메이지 시대부터 발행된 축쇄판이 꽂혀 있는 선반 부근에서 반장은 두껍고 큰 파일을 꺼냈다. 검은 표지에는 완전히 변색된 흰 표에 붓글씨로 '마리코 인형 조사 보고서'라고 간신히 읽을 수 있는 날림 글자가 적혀 있었다.

"어……."

설마 마리코 인형의 이름을 적은 파일이 나올 줄 몰랐던 마리아는 커다란 파일을 든 반장과 여러 가지가 함께 철된 듯한 파일을 번갈아 봤다.

"여기는 좁네."

파일을 옆구리에 끼고 반장은 마리아와 유미의 옆을 지나 폐쇄 서가실 입구 방향으로 돌아가듯이 걷기 시작했다.

폐쇄 서가실의 입구 옆에 열람용 책상 두 개가 갖춰져 있었다. 도서실의 라운드룸과 같은 양식의, 중앙에 가죽이 붙은 책상에 파일을 펼친 반장은 책상 앞 토글스위치를 올려 독서등을 켰다.

"우와."

펼쳐진 페이지를 들여다본 마리아가 싫은 소리를 냈다. 아주 오래된 신문의 복사본이 페이지에 붙어 있었다.

"뭐야 이거, 일본어?"

"옛날 글자지만 한자랑 가타카나야."

책상에 선 반장은 파일의 커다란 페이지를 넘겼다.

"그대로 읽으면 되니까 고문보다 쉽잖아."

마리코 인형을 안은 유미가 마리아의 옆에서 파일을 들여다봤다. 마리아가 물었다.

"읽을 수 있어?"

"아니요……."

유미는 심각한 얼굴로 복사본의 글자열을 쫓고 있었다.

"현재 글자는 아니네요."

마리아는 매달리는 듯한 시선을 반장에게 향했다. 반장은 두 손을 들었다.

"알았어 알았어, 읽으면 되지?"

"장소를 안다는 건 읽었다는 거지?"

기대 가득한 눈으로 바라보자 반장은 한숨을 토했다. 마리아는 이어서 말했다.

"부탁이야, 반장의 해석이면 되니까 내용을 가르쳐줘!"

반장은 유미의 팔 안에 있는 마리코 인형으로 눈길을 줬다.

"이렇게 될 것 같았어."

반장은 책상에서 낮은 등받이 의자를 빼고 앉았다.

"이 파일은 몇 년 전 이와미 대학의 자료실에서 여기로 왔어. 조사가 끝나지는 않았으니 아마 판형이 더 새로운 조사 파일이 대학 자료실에 있을 거야. 그래도 마지막에는 마리코 인형의 과학적 조사 보고서도 들어 있어."

반장은 파일 마지막 쪽으로 페이지를 크게 넘겼다. 마리코 인형의 정밀한 컬러 사진과 그 옆에는 엑스레이 사진의 인쇄물이 있었다. 마리아는 작게 소리를 냈다.

"오오……."

"조사 보고서의 마지막 날짜는 이미 10년 전이야."

최종 페이지를 확인하고 반장은 파일의 페이지를 되돌렸다.

"물론 그 무렵의 마리코 인형은 말하지도 않고 움직이지도 않은 평범한 인형이었어. 현재로서 마지막 조사는 연구실에 보관되어 있던 마리코 인형을 대청소하고 옷차림을 조사하는 김에 실시된 것 같아."

"오래됐는데 깨끗하다고 생각했더니 손질을 받고 있었구나."

"인형 본체가 아니라 의상에 붙어 있는 미세한 먼지에도 뭔가 단서가 없나 해서 감식 같은 조사가 실시된 것 같지만, 먼지는 오래된 섬유나 꽃가루, 근처 토양과 같은 흙먼지뿐이라 새로운 발견은 없었어. 인형 자체도 분해까지는 하지 않았지만 X선 촬영을 해서 재질에도 구조에도 걸어 다닐 수 있는 장치나 발성 기관도 전혀 없는 평범한 인형이었다는 사실을 확인했어."

"그럼 어떻게 말하고 움직였던 거야?"

"맨처음에는 말하거나 움직이지 않았던 것 같아."

반장은 낡은 신문 속 기사의 복사본이 출력된 파일의 첫머리 부분을 넘겼다.

"첫 기사는 고택의 창고에서 나온 인형이 말하고 모두가 그 목소리를 들었다는 건데, 그 후 인형을 맡은 에비스 신사의 신관이 경위를 상세하게 조사했고, 그 뒤에 나온 기사는 그게 베이스가 된 것 같아."

"에비스 신사라면."

마리아는 이와에 시가를 내려다보는 좀 높은 산 위로 이어지는 돌계단 앞에 있는 오래된 신사를 떠올렸다.

"그 에비스 신사?"

"우리도 오래됐으니까."

"아아, 반장 본가였지."

"오래된 신사라서 빙의나 저주 같은 상담도 들어오기도 해. 대부분은 요즘 말로 정신병이거나 노이로제거나 환각인 것 같지만."

"왠지 꿈이 없네."

"당사자에게도 상담이 들어온 신사에도 성가신 일밖에 안 돼. 납득할 수 있는 이유를 붙여서 대중요법이든 그럴듯한 의식이든 위약 효과든 뭐든 좋으니까 일단 해결한 듯한 얼굴로 축사를 올려야 하거든."

"그런 수상쩍은 장사 같은 짓을."

"종교는 효험이 있게 만들면 장땡이야."

"반장, 발언에 문제가 있어."

"그래서 마리코 인형 말인데."

반장은 유미의 팔 안에 있는 일본 인형을 보고 파일의 페이지를 넘겼다. 낡은 신문에서 복사한 프린트가 죽 꽂혀 있었다.

"처음에는 누구에게나 들리지 않았고 인형의 목소리를 듣던 건 그 집 아이 한 명뿐이었던 것 같아."

"어? 말하고 걷던 게 아니야?"

"그러니까 처음에는 그렇지 않았던 것 같아. 제일 처음에는 그 집에서 가장 어린 아이에게만 들려서 어린애 말이니까 처음에는 어른도 상대하지 않았지만, 조만간 나이가 비슷한 아이도 들린다는 말을 꺼내자 저주받은 인형이나 귀신이 빙의된 것이라고 의심한 어른이 에비스 신사의 신관에게 상담해 나쁜 것이 아닌 듯하

니 걱정할 필요는 없다는 말을 듣고 안심했고, 조만간 어른에게
도 들리게 됐고 조만간 돌아다니게 됐으며."

"뭐야 그 잡스러운 전개는."

"신관이 나중에 집안사람에게 물으니 그런 경위였다는 기록이
남아 있는 만큼 그나마 나은 거야. 신관의 보증이 붙었고 실제로
나쁜 일도 없어서 자시키와라시(오래된 집에 나타난다는 요괴.
요괴지만 수호신 대접을 받는 경우가 많다.) 같은 건가 하고 어른
도 안심한 것 같은데, 조만간 아이뿐만 아니라 어른에게도 인형
의 목소리가 들리게 되고 다음에 신관이 불려갔을 때에는 신관과
도 대화가 성립하게 된 것 같아."

"처음에는 아이에게만 목소리가 들리고 움직이지 못하다가 머
지않아 모두에게도 목소리가 들리게 되고 움직일 수 있게 되고
누구와도 소통을 할 수 있게 됐다."

마리아는 그때까지의 전개를 요약했다.

"그래서 신관과는 어떤 대화를 나눴어?"

"대화를 할 수 있는 요괴를 상대로 한 평범한 대화야. 우선 상
대의 정체를 묻고 여기에 있는 사정을 묻고 뭔가 사정이 있으면
그것도 물었어. 신관은 여우에 홀린 것 같은 상황이 아닐까 했지
만 그렇지는 않았던 것 같아."

"여우에 홀리다니……."

마리아는 눈살을 찌푸렸다.

"그렇게나 많이 있던 일이야?"

"그게……."

어떻게 설명을 요약할까 생각하는 동안에만 반장의 말이 끊어졌다.

"빙의는 전 세계에 근대 의학이 퍼지기 전에는 여러 곳에 있었나봐. 정신 장애나 노이로제나 환각으로 이름만 바뀌었을 뿐 증상이 사라진 건 아니야."

"아아."

흥미롭게 고개를 끄덕이고 마리아는 물었다.

"그래서 마리코 인형은 신관에게 어디에서 왔다고 대답했어?"

"그것도 기사가 남아 있어."

반장은 파일의 페이지를 넘겼다.

"마리코 인형은 바깥 세계에서 왔다고 대답했대."

"바깥?"

마리아는 고개를 갸웃거렸다.

"외국?"

"당시의 감각이라면 그렇게 생각하겠지. 쇄국하던 시대에도 일본의 외부에 나라가 있는 건 알려져 있었으니까 19세기라고는 하나 메이지 시대에 나름대로 견문도 넓었던 신관은 처음에는 그렇게 해석했어. 하지만 자세한 이야기를 들어보니 바깥 세계란 일본뿐만 아니라 외국도 포함한 세계, 그 외부에서 왔다는 의미였던 것 같아."

마리아는 고개를 갸웃거리며 잠시 생각에 잠겼다.

"세계의 외부라면 즉."

마리아는 폐쇄 서가실의 천장으로, 그 더 위에 있을 하늘로 검지를 향했다.

"밖이라는 거야?"

반장은 미소 지으며 고개를 끄덕였다.

"그 바깥 세계는 어느 방향에 있느냐는 질문을 받은 마리코 인형이 그야말로 똑같은 대답을 했대. 저택의 방 안에서 질문을 받은 마리코 인형은 손을 들어 천장을 가리켰다네. 신관은 천장 속일 리는 없다고 생각하고 하늘 세계에서 왔다는 뜻이냐고 물으니 그렇다고 했대."

"하늘 세계⋯⋯."

마리아는 서가실의 천장을 올려다봤다. 고풍스러운 유리 덮개를 뒤집어쓴 백열전구가 규칙적으로 늘어선 격자 천장이 눈에 들어왔다. 교사의 구조를 비춰볼 수 있다면 2층, 3층, 옥상의 위에는 하늘이, 그리고 그 앞에는 우주 공간이 펼쳐져 있을 터였다.

"하늘 세계는 어디야?"

"아쉽지만 거기까지는 몰랐던 같아. 지금 같은 천문학 지식도 없고, 마리코 인형은 이름을 몇 개 댔지만 그건 일본어가 아니라서 글자로도 적을 수 없었대. 하지만 시간을 두고 몇 번 물어 마리코 인형이 가리키는 곳에는 항상 하늘의 강이 있다는 걸 알아차렸으니까 아마 하늘의 강 어딘가에서 왔다고 말하고 싶었던 게 아닐까."

"하늘의 강⋯⋯."

마리아는 중얼거렸다.

"⋯⋯은하."

대답하지 않고 반장은 파일의 페이지를 넘겼다. 마리아는 힘차게 물었다.

"어디에서 왔느냐 다음에는 뭘 하러 왔느냐고 물었어?"

"그쪽 기록도 제대로 남아 있어. 마리코 인형은 이 세계를 보러 왔다고 했대. 보고 알기 위해 날아왔고, 임시 거주지로 마리코 인형에 들어왔다고 해. 영혼이 아니라는 판단은 그런 의미에서 정답이었던 것 같아."

"이 세계를……?"

천장을 올려다보고 마리아는 서가로 몸을 돌렸고, 그런 다음 유미를, 그리고 얌전히 안겨 있는 마리코 인형을 봤다.

"인형은 겉모습만 그럴 뿐 속은 전파야."

마리아는 자신을 타이르듯이 중얼거렸다.

"인형인 채 별의 세계에 있었을 리 없고, 인형의 모습으로 날아왔을 리도 없어. 그럼 빙의는 뭐야?"

"나한테 묻는 거야?"

반장은 되물었다. 마리아는 고개를 끄덕였다.

"옛날의 여우에 홀린 거라든가 악마가 든 건 진짜 여우나 악마에게 홀린 게 아니잖아. 대부분의 경우는 노이로제였다거나 인지장애였다거나 해도 몇 개는 진짜 뭔가가 든 거 아냐?"

"……내 해석으로 괜찮겠어?"

반장이 거듭 물었다.

"나는 전문가도 아니고 스스로 생각했을 뿐인 주관적인 설명이야."

"그거면 충분해."

마리아는 다시 한번 고개를 끄덕였다.

"어차피 빙의에 대해서 과학적으로 정확한 설명을 해줄 사람은 없으니까 조금은 아는 사람에게 설명을 받는 편이 나아."

반장은 심각한 얼굴로 유미의 팔 안에 있는 마리코 인형을 봤다.

"정확하다고 기대하지 마, 검증할 방법이 없으니까. 나는 빙의가 유령 같은 것이라고 생각해. 유령이라면 저기에 둥둥 떠 있어도 이상하지 않고, 왠지 모르게 누군가의 안에 들어가 스위치가 이어지면 타인의 안에서 유령의 캐릭터가 재생될지도 몰라. 아마 빙의는 그런 게 아닐까."

마리아는 반장의 설명이 끝나도 바로는 입을 열지 않았다. 마리코 인형을 보고 반장에게 시선을 되돌렸다.

"그 유령이 전파일 가능성은 있어?"

"유령이 전파?"

더 이상하다는 듯한 얼굴로 반장은 되물었다. 마리아는 황급히 설명을 추가했다.

"그러니까 스스로 의사를 가지고 있어서 전원도 없는데 계속 빛나는 전구 같은 전파가 어느 날 왠지 모르게 마리코 인형 안에 들어가서 그것 자체의 의사로 말하거나 움직이는 일이 있다고 생각해?"

"있을 리가 없어."

바로 그렇게 말하고 반장은 마리코 인형을 봤다.

"그 애가 여기에 없다면, 그렇게 말했어. 유령이 전파라고 전파연이 말했어?"

"그게, 정확히는 그게 아니고 내 이해도 그렇게 정확하지는 않다고 생각하는데."

마리아는 관측 돔에 전파연이 오고 천문부 부실에서 마리코 인형을 상대로 전파 계측을 한 어제의 전개를 반장에게 설명했다.

"인형은 옛날부터 인형인 채로 아무리 조사해도 말하거나 움직이는 장치는 나오지 않았어. 누군가가 통째로 교환하거나 개조하지 않았다면 마리코 인형은 줄곧 인형인 채로 있었을 거야. 그렇다면 말한 건 마리코 인형이 아니라 전파 쪽이 아닐까?"

"전파가 어떻게 인형을 움직여?"

질문을 받고 마리아는 대답이 궁했다.

"그건 으음, 어째서일까."

"그리고 전파라고 해서 말할 수 있을 리가 없어. 다만 모두에게 목소리가 들리도록 착각하게 만들 수는 있을지도 몰라."

"할 수 있어?! 어떻게?!"

"몰라. 다만 전파가 방향도 주파수도 출력도 자유자재로 조종할 수 있다면 눈앞의 벽이나 책상처럼 스피커가 될 물체를 공진시켜 목소리로 들리는 소리를 냈을지도 모르고, 그렇다면 전파인 채로 눈앞의 대화 상대가 듣기 쉽도록 고막을 떨리게 만들거나 머릿속에 직접 이미지를 보내거나……."

"할 수 있어?!"

"……미안, 잊어줘."

반장은 어색하게 고개를 저었다.

"그런 것도 할 수 있을지도 모른다는 가능성의 이야기밖에 안 돼. 그걸 확인한 것도 아니고 확인할 방법도 없어."

"눈앞에 마리코 인형이 있고 전파가 있는 것도 전파연이 확인했어!"

마리아는 반장의 어깨를 잡고 유미의 팔에 안긴 마리코 인형에게 몸을 돌렸다.

"뭔가 방법 없어?!"

"저쪽이 그럴 마음을 먹어주면 방법은 여러 가지가 있을 것 같은데."

반장은 마리코 인형을 빤히 응시했다.

"하지만 어떻게 하면 그런 마음을 먹어주는지도 모르잖아."

"예전 마리코 인형은 하늘의 세계에서 여기를 보러 왔다고 했잖아. 이 주변을 보러 와서 여러 곳을 돌아다녔다는 건 적어도 이 부근에는 흥미가 있다는 뜻 아닐까? 도서실에 간 것도 이 세계가 어떻게 적혀 있는지, 어떻게 관측되고 기록됐는지 조사했다고 치면 예전 마리코 인형의 행동과도 일치해. 그러니까 만약 말한다 치면 우리에게 흥미가 있으면 조만간 말해주지 않을까 해."

자신이 없는 듯한 위원장의 말을 듣고 마리아도 마리코 인형을 쳐다봤다. 얼굴 하얀 인형의 표정은 아무것도 달라지지 않았다. 마리아는 중얼거렸다.

"흥미를 가지게 하다니, 어떻게 하면 좋지?"

"으음……."

말을 고르듯이 반장은 마리아와 유미의 얼굴을 봤다.

"아마 이미 어느 정도 흥미는 가지고 있을 거야. 그렇지 않으면 탄약고에서 나와 굳이 학교로 따라와서 이곳저곳을 보러 돌아다니다가 천문부 부실로 안 돌아가지 않을까. 그리고 흥미가 없으면 바로 어딘가로 갈 수 있는데 계속 어울려주고 있어."

반장은 마리코 인형에게 시선을 되돌렸다.

"적어도 전혀 흥미가 없는 상황은 아니지 않을까?"

"하지만 상대는 인형이고 전파야."

마리아는 눈살을 찌푸린 채 마리코 인형을 보고 있었다.

"상대가 흥미를 가져준다 해도 대체 어떻게 소통을 하면 좋을지, 전처럼 누군가에게 말을 걸기를 계속 기다릴 수밖에 없어?"

"그게, 빙의되는 쪽에도 적성이 있지 않을까 생각하는데."

마리아는 반장의 얼굴을 봤다. 반장은 계속 말했다.

"최면술에도 걸리기 쉬운 사람과 걸리기 힘든 사람이 있듯이 체질적으로 빙의되기 쉬운 사람, 빙의되기 힘든 사람이 있지 않을까."

"빙의되기 쉬운 사람이 있어?"

"전에 마리코 인형이 말했을 때 처음에는 주변의 누구도 알아차리지 못하고 그 집 아이한테만 들렸잖아. 그런 사람이 있으면 좋지 않을까?"

"그렇구나, 그 사람을 데려오면 되겠어!"

손뼉을 치고 마리아는 험한 얼굴로 책상에 펼쳐진 파일로 시선을 떨어뜨렸다.

"틀렸어. 메이지 시대잖아. 살아 있으면 지금 몇 살이야?"

"그야 죽었겠지."

반장은 파일을 넘겼다.

"하지만 같은 가문의 혈통을 이은 사람이라면 체질적으로 비슷한 능력을 계승했을지도 몰라."

"그렇구나, 자손을 데려오는 방법이 있었어! 마리코 인형이 있던 고택은 어디야?"

"봐봐, 여기 남아 있어."

반장은 페이지를 되돌려 기사를 가리켰다.

"이와에초의 선주인 우메다가."

"선주인 우메다라면……."

마리아는 반장의 얼굴을 다시 봤다.

"안 선생님 집?"

반장은 고개를 끄덕였다.

"이와에에서 옛날부터 선주를 하고 있는 우메다가."

반장은 파일을 넘겼다. 신문 기사가 아닌, 글씨를 흘려 써 알아보기도 힘든 수첩의 메모 같은 복사본이 몇 장이나 붙어 있었다.

"신문 기사는 정확히 어느 집이었는지 남아 있지 않지만, 기자의 취재 기록에도 신관의 비망록에도 제대로 기록되어 있어. 마리코 인형이 전에 있던 곳은 안 선생님의 본가야."

"음, 대강의 사정은 알았어."

쇼헤이는 갑작스레 만든 실험 탁자 위 공간에 펼쳐진 두꺼운 파일에서 반장에게 얼굴을 들었다.

"일부러 발행 금지 책을 가져와 설명해줘서 고마워."

"발행 금지 책 아냐."

반장은 눈살을 찌푸렸다.

"열람 제한, 반출 금지였을 뿐 발행 금지나 열람 금지 같은 취급은 받지 않았어."

"반출 금지인 책을 가져와도 돼?"

"그래서 내가 같이 천문부까지 왔잖아."

"우와, 짱이다!"

거기까지 이야기를 듣고 넘겨지지 않았던 보고서의 파일을 넘긴 마사키가 소리를 질렀다.

"엑스레이 사진 같은 게 있어! 뭐야 이거?"

"예전 조사 때 찍은 X선 사진이야."

클리어 파일에 든 엑스레이 사진 옆 인쇄물을 훑어본 반장이 설명했다.

"어쩌면 분석할 수 없는 구조의 내용물에 뭔가 특별한 것이라도 들어 있지 않은지 촬영해봤지만 보는 대로 평범한 인형이라 특별한 건 아무것도 없었어. 도움이 되지 못해서 미안해."

"아니, 분석해도 소용없다는 걸 안 것만으로도 괜찮아."

파일을 들여다보던 쇼헤이가 일어섰다.

"그럼 잠깐 나갔다 올게."

일어선 쇼헤이를 마리아가 의아하다는 듯이 올려다봤다.

"어디에?"

"교무실."

쇼헤이는 내키지 않는 얼굴로 대답했다.

"안 선생님을 데려오지 않으면 이 이상 얘기가 진행될 것 같지 않아서."

"잠시 안 본 사이에 꽤 늘었네."

평소라면 천문부원 네 명뿐일 이과준비실에 전파연 부원뿐만 아니라 반장까지 있었다. 안은 열린 입구의 문으로 천천히 방을 둘러봤다.

"아, 안녕하세요. 이것저것 도움받고 있어요."

입구 부근에서 덴지로와 이야기하던 쇼헤이가 입구에 선 안에게 돌아섰다.

"서서 할 이야기도 아니니까 안으로 들어오세요."

"만원이잖아."

일어선 학생들 사이를 지나 안은 정위치인 낡은 사무 의자가 놓인 구식 CRT 디스플레이 달린 컴퓨터의 책상에 도착했다. 의자를 돌려 각자 멋대로 위치를 차지하고 있는 학생들에게 돌아섰다.

"그래서 할 얘기는 뭔데?"

"물론 마리코 인형에 대한 거죠."

안의 정면에 자리를 차지한 쇼헤이는 살짝 움직여 실험 탁자 반대편에 앉아 있는 유미와 그 팔 안에 있는 마리코 인형이 안에게 보이도록 공간을 비웠다.

안은 부실 안의 학생들과 정리 시늉만 한 실험 탁자 위에 펼쳐진 파일을 돌아봤다.

"뭔가 새로운 거라도 알아냈어?"

"네."

쇼헤이는 고개를 끄덕였다.

"마리코 인형은 옛날에 선주 저택에 있었다고 해요."

안은 눈을 크게 뜨고 쇼헤이와 그 반대편의 마리코 인형을 다시 봤다.

"선생님, 만난 기억 있으세요?"

안은 쇼헤이를 보고 나서 다시 한번 마리코 인형을 응시했다.

"그래선가……."

눈을 내리뜬 안은 이마에 펼친 손가락을 댔다.

"네?"

"아니, 혼잣말이야. 이와대에서 따라온 일본 인형을 유미가 데리고 집에 들어가도 할아버지도 엄마도 묘하게 반응이 담백했던 건 란마루에서 연락이라도 가서 그런 줄 알았는데, 그런 건가……."

"무슨 말씀이세요?"

"처음에 탄약고에서 인형을 봤을 때 처음이 아닌 것 같은 느낌이 들었어."

눈을 내리뜬 채 안은 천천히 고개를 저었다.

"어릴 때 일이라서 기억은 정확하지 않지만, 아아, 생각났어. 어두운 선반이라든가 복도의 그림자라든가, 안채 도코노마)(일본식 방의 상좌에 바닥을 한층 높게 만든 곳. 벽에는 족자를 놓고 바닥에는 꽃이나 장식물을 흔히 놓는다)에 인형이 있던 걸 기억하고 있어."

안은 천천히 얼굴을 들었다.

"이 애라고는 생각하지 않았어. 어느새 보이지 않게 돼서 잊어버렸는데, 이와대에 맡겨졌구나."

"그럼 마리코 인형은 안 선생님을 기억하고 따라갔다는 건가요?"

안은 질문한 쇼헤이의 얼굴을 빤히 응시했다.

"아니……."

안은 고개를 저었다.

"마리코 인형은 적어도 우리 집에 있을 때는 평범한 인형이었어. 옛날에는 말하고 걸어 다녔다는 이야기를 들은 적이 있었을지도 모르지만, 적어도 나는 평범한 인형인 마리코 인형밖에 본적이 없어."

"그럼……."

마리코 인형에 눈길을 주고 쇼헤이는 안에게 시선을 되돌렸다.

"왜 그렇게 무서워하세요?"

안은 쇼헤이에게서 시선을 돌렸다.

"마리코 인형을 보고 비명을 지른 건 안 선생님뿐이에요."

쇼헤이는 계속 말했다.

"그야 갑자기 시야에 흑발 일본 인형이 들어왔으니까 다들 깜짝 놀랐지만, 비명까지 지르며 무서워한 건 선생님뿐이에요. 옛날에 무슨 일 있으셨어요?"

반론하려고 입을 열고 안은 한숨을 토했다.

"무슨 일이 있었을지도 몰라. 어릴 때 일이니까 기억도 애매하지만, 증조할머니에게 옛날이야기를 많이 듣기도 했거든."

"할머니에게요? 옛날이야기를요?"

쇼헤이는 앵무새처럼 따라 하며 물었다. 안은 고개를 끄덕였다.

"말을 잘해서 교사가 된 지금이라도 본보기로 삼고 싶을 정도인데, 마리코 인형이 나오는 이야기가 아무래도 생생해서 이제 와서 보면 왜 그렇게 됐는지 알 수 없지만 아무튼 무서웠어."

"네에."

"그래, 옛날에 할머니는 마리코 인형과 대화를 한 적이 있다고 했어."

안은 먼 곳을 보는 눈을 하고 중얼거렸다. 반장은 파일을 넘기기 시작했다.

"어떤 이야기를 나누셨대요?!"

쇼헤이가 힘차게 물었다. 안은 쓴웃음을 지었다.

"아니, 기억 안 나. 오래되고 어두운 이야기를 들은 것 같기도 한데……."

안은 기분 나쁘게 웃었다.

"지금 생각하면 그건 분명 증손녀를 무섭게 만들고 재미있어했던 게 틀림없어."

"어……."

쇼헤이는 덴지로, 마리아와 얼굴을 마주 봤다. 파일을 넘기는 손길을 멈춘 반장이 말했다.

"증조할머님 성함이 우메다 시게 씨인가요?"

안은 그리운 얼굴을 했다.

"맞아, 시게 할머니야. 기사로 나왔어?"

"첫 기사로부터 20년 지나고 회고 기사에 이름만요."

반장은 펼쳐진 파일을 안에게 돌려서 보였다.

"할머님도 직접 마리코 인형의 목소리를 들은 적은 없었다고 해요. 마리코 인형도 그 무렵에는 말도 하지 않고 걷지도 않는 평범한 인형이었다고 하고, 하지만 움직였던 무렵의 이야기는 자주 들었다고 하네요."

"시게 할머니는 자기가 마리코 인형의 목소리를 듣고 얘기한 것처럼 말했는데, 그것도 속인 거였냐."

한숨을 토하고 안은 얼굴을 들었다.

"그런 거야. 지금의 지금까지 잊고 있었지만 나는 옛날 마리코 인형을 본 적이 있어. 마리코 인형 얘기도 시게 할머니에게 들은 적이 있어. 일부러 교무실에서 불러내 모두의 앞에서 듣고 싶은 건 그런 내용 아냐?"

부실에 모여 있는 학생들의 얼굴을 둘러보고 쇼헤이에게 시선을 되돌렸다. 고개를 끄덕였다.

"지금까지 한 조사로 마리코 인형의 정체라고 할까요, 인형에 쓰인 건 감쇠하지 않는 전파 같은 상태의 것이다. 거기까지는 짐작이 갔어요."

"호오?"

안은 그럴듯하다는 얼굴로 고개를 끄덕였다. 쇼헤이는 계속했다.

"여기서부터는 추측과 예측을 거듭한, 뭐, 어림짐작으로 요행을 바란 게 됩니다. 옛날 신문 기사에 의하면 마리코 인형은 처음에는 아무와도 소통할 수 없었지만 머지않아 저택의 여자아이가 목소리를 듣게 되고 조만간 저택의 전원, 그 자리에 있던 사람들까지 이야기를 듣게 됐어요. 어떤 환경에서 어떤 조건이 갖춰지면 마리코 인형의 목소리가 들리는지 알 수 없지만, 그러니 안 선생님, 부탁드려요."

쇼헤이는 진지한 얼굴로 말했다.

"마리코 인형의 목소리가 들릴지 들리지 않을지 잠시 함께해주시지 않겠어요?"

"뭐라고?"

안은 쇼헤이의 얼굴을 다시 보고 천문부 부실에 있는 일동의 얼굴을 다시 봤다. 전원이 안의 대답을 기다리고 있었다.

"뭐라고?!"

이와에 고등학교의 방송부는 고색창연한 설비와 최신 장비가 같이 있는 것으로 유명하다 기록 방식이 녹음에서 녹화가 되고 아날로그에서 디지털이 되며, 교내 방송도 유선으로 스피커 너머로 음량만 내보내던 것에서 각 교실에 구비된 브라운관 TV를 경유한 영상 방송이 되고, 디지털카메라와 고정밀도 디스플레이로 갱신되어도 방송부는 오래된 SP 레코드플레이어와 오픈릴 덱에서부터 초기의 8밀리미터 영화 카메라, 각종 가정용 비디오테이프 레코더까지 현역으로 유지하고 있다고 소문 나 있다.

"그래서?"

천문부의 관측 돔과 마찬가지로 현재는 쓰이지 않을 테지만 손질도 청소도 하고 있는 녹음 스튜디오, 통칭 어항의 유리 안쪽으로 구식 대형 마이크와 스로틀 레버 같은 음성 전환 스위치가 설치되어 있는 테이블에 도착한 안이 믹서 룸을 힐끗 쏘아봤다.

"왜 이런 곳에 마리코 인형과 단 둘이 갇혀 있어야 하는데?"

어항 안의 안 선생님에게 설명하려고 입을 연 쇼헤이는 방송부 스태프에게 쿡 찔려서 토크 버튼을 다시 눌렀다.

"그 녹음 스튜디오의 안이 우리 학교에서 가장 조용하기 때문이에요 이번에는 방송부의 협력도 얻어서 안 선생님이 마리코 인형과 함께 있을 때의 음성 기록을 모두 계측하게 됐어요."

"음성 기록?"

안은 마이크를 사이에 둔 테이블 저편 의자에 쿠션을 쌓은 곳에 앉은 마리코 인형을 보고 어항의 유리창 너머로 시선을 되돌렸다.

"마리코 인형 안에 들어 있는 건 음파가 아니라 전파 아니었어?"

"맞아요. 그래서 전파연에는 이 방송실을 중심으로 한 학교 사방에 안테나를 설치해 계측을 준비하게 했어요. 다만 마리코 인형의 주파수가 어디까지 변화할지 아직 알아내지 못한 점과 옛날 기록에 마리코 인형의 목소리가 들렸다는 점 때문에 어쩌면 의미 있는 음성 신호가 녹음될지도 몰라서요."

안은 미심쩍어하는 얼굴로 테이블 저편의 마리코 인형을 봤다.

"대충 알았어. 그래서 뭘 하면 돼?"

"마리코 인형에게 말을 걸어주세요."

쇼헤이는 말했다.

"레코더는 이미 돌아가고 있어요. 음성 기록과 전파 기록도 개시했어요. 뭔가 반응이 있으면 이쪽에서 알릴게요."

"현 상황에서는 아무것도 없어?"

쇼헤이는 믹서 룸에서 전파연 부원들의 얼굴을 돌아봤다.

"현재 의미가 있을 만한 신호는 나오지 않아요. 이건 예측인데요, 실험 중에 획기적인 결과도 나오지 않을 거예요."

"……뭐라고?"

"이번 실험은 안 선생님이 인형에게 말을 거는 음성 기록과 그래서 날아다니는 전파의 계측 데이터를 확보할 수 있는 만큼 확보할 수 있느냐의 승부예요. 데이터만 확보하면 나중에 느긋하게 시간을 들여 분석할 수 있지만, 지금은 마리코 인형에게 말을 걸려고 해도 어떤 주파수로 어떤 패턴으로 말을 걸어야 좋을지, 답변을 받아도 그게 귀에 들리는지 아니면 다른 안테나를 준비해야 하는지, 어느 주파수대에서 기다려야 좋을지조차도 알 수 없는 상황이에요. 그러니까 지금은 가능한 일을 하고 데이터를 녹음할 수밖에 없어요."

"잘 모르겠지만."

안은 천문대나 대학 연구소에서 이런 실험이 가능한지 생각해 봤다. 근거도 확신도 없이 임기응변식으로 해보는 건 아마 실험이라고도 할 수 없으리라.

"알았어, 해보자."

그러나 이와에 고등학교의 천문부나 전파연의 입장이라면 뭐든 할 수 있다. 안은 스튜디오의 테이블 저편에 살짝 걸터앉아 이쪽을 똑바로 보고 있는 마리코 인형을 마주 봤다.

"말을 걸면 되는 거지? 내용에 관해서 지시할 건?"

"특별히 없어요. 가능하면 마리코 인형이 대답하기 쉬운 이야기가 좋지만, 그것도 제대로 알 수 없는 상황이니 선생님께 맡길게요."

"알았어."

안은 스튜디오의 밖에 있는 믹서 룸을 힐끗 훑어봤다.

"시작해도 될까?"

"시작해주세요."

고개를 끄덕이고 나서 깨달았다는 듯이 쇼헤이는 한 손을 들었다.

"3, 2, 1, 큐."

디렉터처럼 손을 휘둘러 신호를 보냈다. 쓴웃음과도 비슷한 한숨을 달고 안은 마리코 인형과 마주 봤다.

"그렇게 됐으니까 잠시 어울려볼까. 컨디션은 어때요, 마리코 씨?"

마리코 인형의 반응은 없었다. 스튜디오 밖의 학생들이 집중하고 있는 것을 느끼면서 안은 계속 말했다.

"마리코 씨가 여기에 있는지 없는지, 이쪽의 목소리가 들리는지 들리지 않는지도 모르지만 계속할게요. 안녕하세요, 마리코 씨. 오랜만인가요. 아니면 당신은 줄곧 보고 있었나요."

"어때?"

쇼헤이는 믹서 탁자에는 기재를 놓을 수 없어서 옆 테이블에 디스플레이와 패드 등을 늘어놓고 트랜스시버를 쥐고 있는 덴지로의 등에 물었다.

"뭔가 변화는?"

"있는 것 같기도 하고 없는 것 같기도 하고."

덴지로는 가장 큰 노트북의 디스플레이에 몇 개 표시되고 있는 파형에서 눈을 떼지 않았다.

"포착하려고 하는 상대는 아마 출력도 주파수도 스스로 마음대로 바꿀 수 있는 전파야. 아마 저쪽에 그럴 마음이 없으면 이쪽의 기재로 잡을 수 있을지 없을지 몰라."

"저쪽에 그럴 마음이 있으면 어떻게든 되는 거야?"

"그야 뭐, 조금은 잡기 쉬워지지 않으려나. 이쪽의 안테나나 라디오가 저쪽의 마음에 들지 들지 않을지 모르지만."

"선생님, 들리세요?"

쇼헤이는 음성 전환 스위치를 올리고 스튜디오 안에 있는 안의 헤드폰에 말을 걸었다.

"마리코 씨에게 이쪽의 안테나를 통과하도록 전해주시겠어요?"

"뭐라고?"

어항 저편의 안이 믹서 룸으로 고개를 돌렸다. 쇼헤이는 설명을 계속했다.

"전파연은 교정의 네 귀퉁이에 최대한 떨어져서 루프 안테나를 세웠어요. 그리고 스튜디오 안의 안테나도 관측 기재에 연결돼 있어요. 마리코 씨에게 만약 가능하다면 그 안테나의 안을 통과해보라고 말씀해주시겠어요?"

한숨을 토하고 안은 마리코 인형에게 돌아섰다.

"아직 거기에 있다는 건 조금은 흥미를 가지고 있다는 건가."

쇼헤이의 말을 어떻게 전하면 마리코 인형이 이해할지 생각하면서 말을 이었다.

"당신과 이야기하기 위해 이 학교의 부지 사방에 둥근 안테나가 세워져 있어요. 거기 있는 안테나와 형태는 같지만 더 큰 게 밖에 네 개."

안은 스튜디오 안에 요란하게 스탠드로 세워진 안테나를 가리켰다.

"이 안테나를 통과할 수 있어?"

자신이 전자파라면 안테나를 통과하는 건 어떤 감각이 될지 상상하며 안은 계속 말했다.

"스튜디오 안의 안테나가 아니라도 돼. 이 학교 부지 사방에 마찬가지로 둥근 형태의 안테나가 있어. 만약 가능하다면 그곳을 목표로 통과해주겠어?"

이과 교사로서 안도 전자파에 관한 최소한의 지식은 가지고 있다. 안테나에 포착된 전파는 그 패턴만이 회로 안에 증폭되어 음성이나 화상으로 복호될 뿐 안테나를 통과해도 사라지지는 않는다.

"가능하다면 말이야."

안은 마리코 인형을 빤히 바라보며 말했다.

"당신이 우리의 신호를 얼마나 이해하고 있는지 모르니까 이쪽의 신호에 맞추는 건 생각하지 않아도 돼. 우선 안테나를 통과해주겠어? 만약 당신을 안테나로 포착할 수 있다면 우리는 당신과 이야기를 나눌 수 있을지도 몰라."

안은 유리 너머의 미러 룸을 힐끗 훑어봤다. 쇼헤이를 비롯한 천문부원은 스튜디오 안을 주목하고 있었고, 전파연의 부원은 담당 화면을 모니터하며 정보 교환에 여념이 없었다.

　"우리는 당신과 대화를 나누고 싶어."

　안은 마리코 인형에게 시선을 되돌렸다. 인형은 아직 안의 눈앞에서 움직이지 않았다. 적어도 이쪽의 이야기를 들을 마음이 있는 것처럼 느껴졌다.

　"만약 당신에게 그럴 마음이 있다면, 그리고 가능하다면 안테나와 접촉해주겠어? 그렇게 강하지 않아도 돼. 당신이라면 통째로 전자 회로 안에 들어가 움직일 수 있을지도 모르지만, 이 별의 기계는 더 미묘하고 약한 신호를 받아들이도록 만들어졌어. 그러니까 처음부터 안테나에 몸을 부딪치지 말고 살짝 만져보는 정도로 부탁해. ……가능할까?"

　마리코 인형을 본 채 잠시 기다렸다. 마리코 인형은 안의 정면에 여전히 앉아 있었다. 문득 상황이 이상한 것 같아서 안은 미러 룸으로 얼굴을 들었다.

　큰 소동이 일어나 있었다.

제4일

"그러니까 왜 이런 큰일이 일어난 거야?"

안은 이와고 직원용 주차장의 한편에 주차된 자신의 경승합차 앞에서 무뚝뚝한 얼굴로 팔짱을 끼고 있었다.

"네 학생들의 공적이잖아?"

오늘은 포장을 쳐서 지붕이 달린 낡은 사륜구동차의 운전석에서 마세는 즐거운 얼굴로 내렸다.

"이 교내에서 전파연의 안테나에 둘러싸여 마리코 인형과의 접촉을 시도했다면서. 용케 어울렸네."

"교사로서 도망갈 수는 없잖아."

"트라우마라도 있는 것처럼 마리코 인형을 무서워했으니까. 보고서를 보고 알았는데, 마리코 인형은 너희 집에서 나왔더라."

백의의 주머니에 접어 넣었던 인쇄물을 꺼낸 마세는 그 표지를 안에게 보였다. 안은 수상쩍어하는 시선을 마세에게 향했다.

"알고 있지 않았어?"

"까먹었어. 나는 탄약 창고의 관리인이 아냐. 가끔 보러 가는 정도니 어디에 뭐가 있고 그게 뭔지 전부 알 리가 없잖아."

"보고서라."

그것이 바로 자신이 제출한 것임을 생각하고 안은 한숨을 토했다. 사실 관련 기술은 최소한으로 담을 생각이었고 제출처는 사령부였는데, 그게 그날 중 이와대의 마세 연구실에까지 공유된 건 예상 밖이었다.

"보고서뿐만이 아니야. 학생들이 천문대의 데이터베이스에 접근하는 걸 보고 해가 없는 한 지켜보자고 의뢰한 것도 너야. 그 결과 뭔가 성과가 나올 것 같다면 그야 다들 협력해주겠지."

"이렇게 힘껏 협력해주지 않아도 되잖아. 이와대도 천문대도 한가해?"

"한가하지 않아."

히죽거리는 웃음을 지은 채 마세는 인쇄지를 백의 주머니로 다시 넣었다.

"하지만 다행히 전투 중이 아냐. 들이닥친 위기나 위협이 있지도 않고, 해야 할 일을 내버려 두지도 않았어. 네 보고서를 통상 업무를 내버려 두고서라도 수행해야 할 우선순위에 있다고 판단한 거야. 영광으로 생각해도 되지 않을까?"

"재미있어하고 있을 뿐이잖아."

부루퉁한 얼굴인 채로 안은 손목시계의 시간을 확인했다.

"그리고 이와대와 천문대가 총력을 다해 전면 협력한 것도 아냐. 대학에서 온 건 나뿐이고 빌려준 건 천문대의 전파암실뿐이야. 사에키 씨나 관계 직원에게는 협력을 부탁했지만 그것도 통상 업무를 하는 김에 관측 포인트를 늘리는 정도지, 작업량을 그렇게 올리지도 않았어."

"역시 한가하구나."

안은 마세를 째려봤다.

"적어도 선배는."

6교시 종료를 알리는 차임이 교내 방송 스피커에서 울려 퍼졌다.

"오, 끝났다."

백의의 왼쪽 소매를 걷어 현재 시각을 확인한 마세가 사륜구동차의 운전석으로 돌아갔다.

"그럼 슬슬 네 학생들도 나오겠군."

"응, 맹렬하게 준비했으니까 이제 곧."

경승합차의 뒤로 돈 안은 뒷문을 열어젖혔다.

"이번 이동은 짐이 많은 것 같아."

"그런 것 같네."

직원용 현관에서 큰 박스와 다발로 된 안테나를 안은 일단이 쏟아져 나왔다.

"너희 천문부원과 전파연 부원 몇 명, 그리고 장비가 여러 개라고 들었는데."

"맞아. 짐이 많으니까 데리러 오라고 했어. 지붕 위에도 실어야 하니까."

"괜찮아."

마세는 백의 소매를 걷고 왼쪽 손목의 손목시계를 다시 확인했다.

"원군을 부탁해뒀어. 이제 곧 도착해."

마세는 손목시계에서 얼굴을 들었다.

"자, 왔다."

직원용 주차장에 미노야마 천문관측소의 로고를 붙인 미니버스가 들어왔다. 운전석에서 이쪽으로 손을 흔든 얼굴을 보고 안은 깜짝 놀랐다.

"사에키 씨?!"

　이와에 고등학교 천문부원과 전파연 부원은 안의 경승합차, 마세의 사륜구동차, 미노야마 천문관측소에서 보낸 미니버스에 장비를 싣고 출발했다.
　마리코 인형은 안이 운전하는 승합차의 조수석에서 유미가 안고 있었다.
　"사라지지 않았네."
　쇼헤이는 뒷좌석에서 조수석의 마리코 인형을 들여다보고 시트에 다시 앉았다.
　"지금은."
　옆자리의 마리아가 대답했다.
　"마리코 씨의 기분에 따라서 안겨 있어도 어느새 사라질지도 모르지만."
　"적어도 어울려준다는 거겠지."
　쇼헤이는 미노야마산으로 올라가는 산악 도로에 들어선 승합차의 차창 풍경으로 눈길을 줬다.
　"마리코 씨도 이쪽과 대화하고 싶⋯⋯은 거려나."

　미노야마 천문관측소가 소유한 미니버스는 방문객용 주차장에 들어가지 않고 그대로 천문대 구내로 들어갔다. 안의 승합차도, 마세가 운전하는 사륜구동차도 뒤를 따라갔다.
　미니버스는 공장동의 정면 현관 앞에 정차했다. 좌석을 반 이

상 점령한 부피 큰 안테나와 관측기구를 옮겨온 전파연 부원들이
짐을 내리기 시작했다.

"도와줄까?"

승합차에서 내린 쇼헤이가 덴지로에게 말을 걸었다.

"아니, 외부인이 만지지 않았으면 하는 섬세한 게 많이 있으니
까 괜찮아. 먼저 가 준비해줘."

"준비라고 해봐야 마리코 씨가 어딘가로 가지 않도록 감시하는
것밖에 없고, 가버리면 어쩔 수 없어."

쇼헤이는 마지막으로 미니버스에서 내린 사에키에게 말을 걸
었다.

"그래서 이번에는 어디를 빌리셨어요?"

"전파암실을 오후에 통째로 확보했네."

휴대 단말기로 어딘가로 연락을 취한 사에키는 손목시계로 시
간을 확인했다. 쇼헤이는 눈을 크게 떴다.

"전파암실이라면 체육관처럼 큰 그곳인가요?!"

"공간은 넓을수록 좋다고 했으니 말이야. 다만 우리의 관측용
안테나가 조정을 위해 들어가 있어. 그 밖에도 놓여 있는 기계가
많이 있으니 만지지 말게나. 전파연에도 전달했지만, 오늘 중에
전부 정리해 돌아가는 게 조건이야."

"알고 있어요."

쇼헤이는 전파연 멤버가 큰 박스나 짐을 묶는 벨트로 묶인 스
탠드 다발, 코드릴 등을 미니버스와 마세의 사륜구동차 뒤에서
꺼내는 모습을 지켜봤다.

"그럼 먼저 전파암실로 가 있을게요."

전파암실은 공장동 안에서도 클린룸에 가까운 청결도를 요구받는 구획 안에 있다.

"마리코 씨는 어떻게 하면 될까요?"

마리아가 사에키에게 물었다. 사에키는 곤란한 얼굴로 유미의 팔에 안겨 있는 마리코 인형을 봤다.

"역시 그 크기에 맞는 방진복은 없는데 말일세. 그리고 임시로 비닐봉지나 뭔가로 커버해봤자 그녀 자신이 계측 대상이 되면 불순물은 최대한 배제하고 싶을 걸세."

장신의 사에키는 허리를 구부려 인형을 들여다봤다. 길게 자른 뒷머리에 환한 흰 얼굴뿐만 아니라 남색 등나무 무늬의 오시마츠무기(가고시마현 오시마에서 나는 명주)로 짠 기모노까지 천천히 둘러봤다.

"마리코 씨, 지금부터 들어갈 곳은 기술적인 문제로 티끌과 먼지를 최대한 들이고 싶지 않은, 클린룸이라고 불리는 환경일세. 보는 대로 이제부터 들어갈 스태프는 누구든 옷을 갈아입어야 해."

이미 쇼헤이와 마사키는 전에 왔을 때와 마찬가지로 방진 백의와 모자, 슬리퍼 커버라는 흰색투성이 복장을 갖추고 있었다.

"하지만 유감스럽게도 자네에게 맞는 크기의 방진복은 준비하지 않았네. 그러니 클린룸에 들어가기 전에 에어 샤워라는 바람으로 최대한 먼지와 티끌을 날려 보내주겠네."

사에키는 다시 마리코 인형을 향해 설명을 하고 탈의실 안쪽에 있는 에어 샤워로 이어지는 문으로 과장스럽게 팔을 들었다.

"협력을 구할 수 있을 거라고 믿고 있네. 미노야마 천문관측소에 온 걸 환영하지."

인사를 한 번 하고 사에키는 마리아와 유미의 얼굴을 둘러봤다.

"이렇게 하면 되겠나?"

"괜찮을 것 같아요."

유미도 사에키에게 인사했다.

"알겠습니다, 공들여 마리아 씨가 에어 샤워를 해 최대한 깨끗하게 하고 안에 들어가게 할게요."

어지간한 체육관 정도인 전파암실의 한쪽 면에는 새카만 커버를 씌운 대형 파라볼라 안테나가 받침대와 함께 설치되어 있었다.

"미안하군, 정비 스케줄과 공간 사정 때문에 이 관측용 접시만은 밖으로 못 내보냈네. 일단 전파 흡수막으로 덮어놨으니까 반사는 하지 않을 걸세."

사에키의 설명을 들은 덴지로는 고개를 끄덕였다.

"괜찮아요, 어차피 저희 기재로 그 정도 감도까지는 안 나와요. 관측을 시작하고 노이즈가 너무 크면 어떻게든 해달라고 요청을 드릴지도 모르지만요."

"그렇게 해주게."

사에키는 높이도 종류도 다양한 안테나가 이곳저곳에 배치된 전파암실의 안을 둘러봤다.

"그래서 이건 어떻게 된 건가?"

대형 야기 안테나, 수신 소자까지 그대로 달린 위성방송 수신용 파라볼라 안테나에서부터 은색 크롬 도금이 빛나는 로드 안테나, 트랜스시버용인 듯한 바 안테나, AM방송 수신용 루프 안테나 등 전파연 부실뿐만 아니라 부원의 개인 물건까지 긁어온 듯한 종류의 안테나가 높낮이도 제각각인 스탠드에서 전파암실의 이곳저곳에 배치되어 있었다.

"그게요, 이건 즉 전자식 분신사바예요."

쇼헤이가 설명했다.

"분신사바? 그게 뭔가?"

사에키는 더 묘한 얼굴을 했다.

"모르세요? 아니, 저도 실물을 본 적은 없는데요, 위저 보드의 일본어 타입 같은 것으로, 일본어 50음을 적은 시트나 판 위에 동전이나 작은 물건을 놓고 몇 사람이 손가락을 대면 멋대로 움직여 이 세상에 없는 것의 메시지를 전해준대요."

"뭔가 그게."

"해외의 괴기 영화에서 본 적은 있어."

뒤에서 이야기를 듣던 마세가 팔짱을 꼈다. 옆에 선 안이 고개를 갸웃거렸다.

"해외에도 분신사바가 있어?"

"그야 원리가 비슷할 뿐 아무리 그래도 이름은 다른데, 테이블 회전만으로 그걸 어쩌려고?"

"그게요, 안 선생님이 올려주신 리포트는 모두 읽으셨죠?"

쇼헤이는 이 자리에서는 외부인이 되는 사에키와 마세의 얼굴을 돌아봤다.

"우선 마리코 씨의 정체는 스스로 멋대로 날아다니는 전파 같은 존재라는 것까지는 판명됐어요. 이 이해도 아마 정확하지는 않겠지만, 일단 그런 것으로 치지 않으면 앞으로 나아갈 수 없기 때문에 그렇게 치고 이야기를 진행하겠습니다."

"그러지."

사에키가 뒷이야기를 재촉했다. 쇼헤이는 이어서 말했다.

"저희 학교 방송 스튜디오를 사용한 관측 실험에서 안 선생님이 마리코 인형에게 말을 걸었고, 그 상황을 학교 주위에 배치한 안테나로 계측해봤습니다. 아시는 대로 분명하게 반응이 나왔는데요, 그 후 여러 가지를 시험해보니 네 안테나에 아무래도 전파의 속도만큼 타임 랙이 생기는 것을 알았습니다."

"전파는 광속으로 날아다닐 텐데?"

마세가 한 손을 들었다.

"이와에 고등학교 정도 되는 학교에서 잘도 그런 광행차를 검출했군."

"전파연의 계측기기에는 여기서 쓰지 않게 된 구식 기기도 있어서요."

안테나의 대략적인 설치를 확인한 덴지로가 돌아왔다.

"구식이라고는 하나 세슘 원자시계와 연동해 마이크로초뿐만 아니라 나노초까지 측정할 수 있는 데이터 레코터를 어디에 쓰나 했더니 처음으로 도움이 됐네요."

"설명을 계속하게."

사에키가 말했다.

"그래서 뭘 알았지?"

"동서남북에 안테나 네 개를 세웠는데요, 마리코 씨는 예를 들어 동쪽에서 서쪽으로, 남쪽에서 북쪽으로 원하듯이 안테나를 노리고 날아가는 것을 알 수 있었어요."

쇼헤이는 무진복의 주머니에서 인쇄물 다발을 꺼냈다.

"이쪽의 지시대로 날아갔는지, 이쪽이 하는 말을 이해했는지는 물론 확실하지 않지만 적어도 이쪽이 부탁한 대로 결과가 나왔습니다."

"호오?"

"그리고 여기서부터가 대단한데요, 마리코 씨는 몇백 미터 범위지만, 같은 부지 안에 설치된 안테나 중 특정 안테나만을 노리고 수신시킬 수 있습니다."

"뭐라고?"

사에키는 쇼헤이에게서 받은 인쇄물을 팔락팔락 넘겼다.

"그렇게 지향성이 강한 건가?"

말한 후 사에키는 잠시 생각하고 다시 말했다.

"그렇게까지 집속율이 높은 건가?"

"보고대로라면 지향성 정도가 아니라 레이저 같은 전파네요."

마세가 사에키가 다 넘긴 인쇄물을 받았다.

"아무래도 전파인 마리코 씨는 특정 안테나만을 노리고 날아다닌다는 건 알았습니다. 즉 전파라고 하지만 상당히 작은 범위를 노리고 조사(照射)할 수 있는 겁니다. 그렇다면 50음이나 알파벳 같은 글자를 표로 만들어 노린 곳에 맞히면 표현하고 싶은 글자를 특정할 수 있어요. 연속해 글자를 쏘게 하면 단어나 문장을 만들어 그야말로 소통도 할 수 있지 않을까 싶은데요."

마세는 사에키와 얼굴을 마주 봤다. 마세는 쇼헤이에게 시선을 되돌렸다.

"그러기 위해서는 상대가 이쪽과 같은 언어를, 이 경우에는 일본어를 이해할 필요가 있는데 그건 괜찮아?"

"아마 괜찮을 거예요."

쇼헤이는 자신 없는 듯이 마리코 인형에게 눈길을 줬다. 사에키가 흥미로운 듯이 질문을 거듭했다.

"그 근거는?"

"지금까지 저희는 마리코 씨에게 일본어로만 이야기했어요. 마리코 인형이 있는 곳도 일본어 환경이에요. 마리코 씨의 모국어가 일본어가 아닌 건 아마 확실하지만, 저희는 그게 어떤 건지 상상조차 할 수 없습니다. 지금까지 일본어로 말을 걸고 이해를 거절당하는 느낌이 없는 이상 이대로 상대의 어학력에 기대하는 것 외의 선택지는 없지 않을까 합니다."

"낙관적인지 바보인지 잘 모르겠지만 뭐, 상관없네."

사에키는 고개를 끄덕였다.

"이쪽이 그 방침을 부정할 수 있을 만한 근거를 가지고 있지 않은 것도 사실이야."

"그래서 안테나 전체에 히라가나가 한 글자씩 적혀 있는 건가."

마세는 전파암실 안에 설치된 안테나 무리를 둘러봤다.

"마리코 인형은 히라가나라면 읽을 수 있는 건가?"

"아마도요."

쇼헤이는 자신 없는 듯이 고개를 끄덕였다.

"마리코 씨는 도서실에 갔고, 아마 날아다니는 TV나 라디오 방송이나 데이터 통신도 감지하고 있을 거예요. 무엇보다 이유는 알 수 없지만 책을 읽을 수 있는 건 빛으로 사물을 보고 있기 때문이라고 희망적 추측을 할 수 있습니다."

"안테나의 글자 카드는 마리코 인형이 읽게 하기 위한 건가?"

"아아, 그것도 기대하지만, 그뿐만이 아닙니다."

덴지로가 손을 흔들었다.

"안테나에 글자가 적혀 있는 건 이쪽의 배선 사정 때문이에요. 글자 하나에 안테나 하나씩 할당돼 있고, 그게 없으면 배선할 수 없어요."

"그럼 마리코 인형은 각각의 안테나가 어느 50음에 할당됐는지 어떻게 판단하지?"

사에키의 질문에 쇼헤이는 대답했다.

"마리코 씨는 안테나를 노리고 수신시킬 뿐만 아니라, 그 앞에 있는 회로의 구조는 어떨지 모르지만 목적이나 동작은 이해하고 있지 않을까 생각해요. 그리고 책이나 전자 기록을 열람한 것을 어디까지 기억하고 있는지 모르지만 글자나 그 내용도 기억하고 있지 않을까 합니다."

"어엿한 지성체로군."

사에키가 신음했다.

"전자파가 그렇게까지 처리를 했다는 건가?"

"그게요……."

재미있다는 듯한 얼굴로 이야기를 듣고 있는 마세의 얼굴을 힐 끗 보고 쇼헤이는 면목 없다는 듯이 고개를 끄덕였다.

"아마 마리코 씨가 전자파인 건 현재 우리가 그녀를 검출할 수단 이 그것밖에 없기 때문에 그렇게 보일 뿐이지 않을까 싶습니다."

"무슨 소리지?"

"예를 들어 그녀의 본체는 인간이나 현대 과학이 감지할 수 없 는 다른 차원이나 아공간에 있고 거기서 전자파만이 이쪽과 이어 져 있다고 상상했을 뿐, 어디까지 옳은지 틀린지도 알 수 없어요. 하지만 만약 이쪽이 바라는 형태로 마리코 씨와 대화를 나눌 수 있으면 그런 이야기도 들을 수 있을지도 모르겠네요."

"재미있지 않습니까, 사에키 부장님."

마세가 사에키에게 몸을 돌렸다.

"지금까지 정신 생명체나 유령 같은 존재라고 추측하던 것이 나타난 적이 없지는 않았어요. 하지만 전자파 관측에 대해 이만 큼 협력적인 상대는 처음입니다. 존재할지 하지 않을지도 확정되 지 않은 상대와 접촉할 수 있다면 이건 대성과예요."

"그건 자네 말대로인데."

사에키는 쇼헤이에게 시선을 되돌렸다.

"그래서 이쪽이 마리코 인형이 하는 말을 들을 수 있다 해도 이 번에는 그걸 어떻게 상대에게 전하지?"

"그야 물론."

쇼헤이, 덴지로 및 전파암실 내에 안테나 설치를 마친 전파연 부원의 시선이 사에키와 마세의 뒤에 있는 안에게 모였다.

쇼헤이는 말했다.

"안 선생님이 구두로 전하셔야죠."

크기도 제각각이고 위치도 방향도 최대한 흩어진 몇 종류나 되는 안테나가 설치된 전파암실의 한가운데에 전파 흡수 물질로 형성된 50센티미터 크기의 각진 검은 입방체 두 개가 의자와 받침대 대신 설치되어 있었다.

한쪽에 마리코 인형을 놓고 마주 보고 안이 앉았다.

"그럼 잘 부탁드려요."

쇼헤이가 안에게 귀에 거는 작은 이어 마이크를 건넸다. 가느다란 코드가 길게 이어져 있었다.

"최대한 여분의 전자파를 날리고 싶지 않아서 유선으로 접속할 거예요."

"알았어."

안은 받은 마이크를 익숙한 기색으로 오른쪽 귀에 장착했다.

"이러면 돼?"

'들리세요?'

이어폰 안에서 덴지로의 목소리가 들렸다.

'음량은 이러면 될까요?'

"괜찮아."

'그럼 세팅은 이렇게 갈게요. 준비가 완료됐으니 쇼헤이에게 나오라고 말씀해주세요.'

"준비 다 됐으니까 나오래."

"알았어요. 그럼 잘 부탁드려요."

쇼헤이는 전자암실 안에 남아 있던 부원들에게 두 손을 확성기처럼 하고 외쳤다.

"전원 물러나! 실험 중에 전자암실 안에는 안 선생님과 마리코 씨만 남으니까 모두 물러나!!"

배치된 안테나를 최종 점검한 전파연 부원과 잡일을 돕던 마사키, 마리아가 전파암실에서 나갔다. 주위를 돌아보고 쇼헤이는 유미가 마리코 인형의 곁에서 떨어지지 않는 것을 알아차렸다.

"왜 그래?"

"저기."

잠시 동안 망설이다 유미는 얼굴을 들었다.

"같이 있어도 될까요?"

쇼헤이는 유미와 그녀가 앉힌 마리코 인형을 번갈아 보고 안 선생님뿐만 아니라 유미가 같이 전파암실에 남은 경우의 장점과 단점을 생각해봤다.

"아마 괜찮지 않을까. 잠깐만."

쇼헤이는 유미에게 거기에 있도록 지시하고 전파암실에서 나갔다.

"예정 변경, 전학생이 더 남을 거야."

"알았어."

컴퓨터 키보드를 두드리며 덴지로가 대답했다.

"예비 헤드셋이 유선으로 하나 더 있어?"

"마이크 없는 것도 괜찮다면 거기에 하나."

"빌려줘."

쇼헤이는 헤드폰의 코드를 늘리며 전파암실로 돌아가 유미에게 건넸다.

"귀에 써. 덴지로, 다시 한번 마이크 테스트!"

지나치게 큰 헤드폰을 두 귀에 대듯이 누른 유미가 쇼헤이에게 눈짓으로 OK 사인을 보냈다.

"그럼 선생님은 정면에서, 유미는 옆에서 마리코 씨를 보고 있으세요."

안에게 인사하고 쇼헤이는 전파암실에서 나갔다. 안과 유미는 전파암실 안에 마리코 인형을 지켜보듯이 남겨졌다.

'안녕하세요, 들리세요?'

이어폰에서 들려오는 목소리가 덴지로에게서 쇼헤이로 바뀌었다. 안은 애써 사무적으로 대답하며 같은 목소리를 듣고 있을 유미를 봤다.

"그래, 들려."

'아시겠지만 안의 상태는 카메라와 마이크와 센서 등 여러 가지로 모니터하고 있어요. 전파암실의 구조상 이쪽의 상황은 그쪽에서 보이지 않지만 그쪽의 상황은 분명하게 보이니 걱정하지 마세요.'

"아무도 걱정 안 해."

'그럼 계획대로 실험을 개시합니다. 우선 다시 한번 마리코 인형에게 안테나의 배치와 안테나 하나하나가 글자 하나에 대응하고 있는 것을 설명하고 나서 원하는 안테나를 두드려보라고 말해

주세요.'

"알았어. ……내가 하면 되는 거야?"

'아, 괜찮아요. 객관적인 설명이라면 선생님이 더 잘하실 테니까요.'

"알았어. 그럼 시작한다."

마이크에 답하고 안은 정면에 앉은 마리코 인형과 마주 앉았다.

"보는 대로야."

과연 일본 인형은 자신들 인간과 같은 뉘앙스로 사물을 보고 있을까 생각하면서 안은 설명을 시작했다.

"우리가 쓰는 말의 소리를 한 글자씩 적어서 각각의 안테나에 붙였어. 일본어의 표음문자, 히라가나 50음이야."

부실이나 도서실의 책을 열람했다고 하지만 마리코 인형이 어디까지 일본어를 이해하고 있는지는 알 수 없었다. 마찬가지로 설명을 듣고 안테나의 글자를 보고 있는 유미를 곁눈질하며 안은 계속 말했다.

"탁음이나 반탁음은 일단 무시하고 부족한 건 이쪽에서 보충해 이해하도록 할게. 거기에 있어준다는 건 어울려줄 마음이 있다는 뜻이겠지만, 혹시 이쪽이 하는 말을 이해할 수 있다면 네, 라고 안테나를 튕겨줘."

안은 아이우에오의 순으로 늘어서 있을 안테나의 하 자를 찾았다.

"아니, 하 글자만 하면 돼. 하이(네) 대신 하의 안테나를 두드려 줘."

눈앞의 인형은 아무 말도 하지 않았다. 안은 헤드폰 너머로 물어봤다.

"반응은 있어?"

'아직 극소 수준의 노이즈만 나오고 있어요.'

전파암실 밖에서 쇼헤이가 물었다.

'마리코 씨는 아직 눈앞에 있어요?'

"응, 안 움직였어."

"잠시만요."

유미가 움직이기 시작했다. 마리코 인형에게서 떨어져 안테나 중 하나에 다가갔다.

안은 마리코 인형에게서 눈을 떼지 않도록 주의하면서 상황을 보고했다.

"유미가 보여? 지금부터 하 글자 안테나로 갈 거야."

유미는 천천히 걸어서 하 글자가 적힌 커다란 카드가 붙어 있는 두꺼운 바 안테나의 앞에 섰다.

'사람이 움직여서 안테나 감도가 살짝 변동됐지만 괜찮아요. 유미에게 계속하라고 말씀해주세요.'

헤드폰에서 쇼헤이의 목소리가 들렸다. 안은 안테나 앞에 멈춰 지시를 기다리듯이 이쪽을 보고 있는 유미에게 손을 들었다.

"마리코 인형에게 설명해줘."

"들려요, 마리코 씨?"

안을 향해 앉은 마리코 인형의 옆얼굴에 유미는 말을 걸었다.

"이게 하의 안테나예요. 이게 하 글자가 붙은 안테나라는 것을 알면 이 안테나만 만져봐요."

'섞인 건가.'

안에게 말한 것이 아닌 듯한 쇼헤이의 목소리가 들렸다.

'분신사바든 외국의 이 방면 게임이든 50음이나 알파벳과 별개로 네와 아니요만 있는 장소를 만든 것 같아. 그런 것도 만드는 편이 나았으려나.'

'채널도 아직 여유가 있고 안테나도 예비가 있으니까 지금부터 만들어도 큰 수고는 안 들겠지만, 또!!'

바로 곁에 있는 덴지로의 목소리가 들렸다. 바로 쇼헤이의 목소리가 겹쳐졌다.

'반응이 있었어요, 하 글자! 짧은 시간에 한 번이지만 틀림없어요. 다음에는 1초를 두고 세 번, 같은 하 글자의 안테나를 두드리라고 말씀해주세요!'

유미는 마리코 인형을 본 채 전파 흡수 물질 옆으로 돌아왔다.

"고마워, 안테나로 전파를 잡은 것 같아. 다음에는 같은 안테나를 세 번 두드려줘. 이 정도 템포로 세 번."

짝짝짝, 하고 세 번 손뼉을 쳤다. 마리코 인형을 바라본 채 안은 전파암실 바깥의 목소리를 기다렸다.

'왔어요.'

감탄하듯이 쇼헤이가 말했다.

'하 글자에 세 번 반응이 있었어요. 선생님, 마리코 인형과 접촉에 성공했어요.'

"잘됐네."

입가를 벌리다가 안은 짧게 고개를 저었다.

"하지만 아직 시작에 불과해. 다음에는 뭘 묻지?"

'이름을.'

쇼헤이는 다시 준비해둔 질문 항목의 다음으로 이동했다.

'상대의 이름을 물어보세요.'

"알았어."

안은 마리코 인형을 다시 봤다.

"네 이름을 알려줘."

헤드폰 너머로 부원들의 탄식이 들렸다.

"왜 그래?"

"마리코코라고 반응이 왔어요."

쇼헤이가 대답했다.

'아마 마지막 한 번은 아직 상대가 안테나의 배치에 익숙하지 않아서 두 번 두드린 게 아닌가 해요. 마리코라고 하면 되는지 다시 한번 물어봐 주세요.'

"마리코라고 하면 돼?"

다시 헤드폰 너머로 오, 하는 환성이 들렸다.

'하, 이(네)라고 해요. 으음, 이쪽 예상대로 이해가 빠를지도 모르겠네요. 긍정의 경우에는 네, 부정의 경우에는 아니요, 라고 두드리도록 마리코 씨에게 전하고 각각 다시 한 번씩 안테나를 두드리라고 전해주세요.'

전파암실에 배치된 안테나는 각각 50음 하나씩에 대응하고 있다. 쇼헤이가 전파연의 협력을 받아 만든 프로그램은 50음에 대응한 안테나의 반응을 그대로 히라가나로 화면에 비추는 간단한 것이었다.

위에서부터 순서대로 하, 하하하, 마리코, 하이, 라고 네 줄만 표시된 히라가나뿐인 문면은 3초 이상 입력이 없으면 행이 바뀌게 되어 있다. 그 아래로 하이(네), 이에(아니)라는 글자가 연습하듯이 몇 번 반복됐다.

안에게 지시해 마리코에게 50음에 대응하는 46개의 안테나를 하나씩 튕기게 해서 그 작동과 마리코의 이해를 확인했다. 디스플레이에 46음의 히라가나 전체가 표시되어 안테나의 접속과 정상 작동이 확인됐다.

"준비 완료됐어요."

쇼헤이는 뒤에서 지켜보고 있던 사에키와 마세에게 돌아섰다.

"아니, 마리코 씨와 소통할 최소한의 준비가 완료됐습니다. 지금부터 여러 가지를 물어보려고 하는데, 괜찮을까요?"

"너희가 준비했잖아."

마세는 다음 입력을 기다리며 커서가 깜빡이는 히라가나 표시 화면을 들여다봤다.

"여기까지 했으니 마음대로 진행해. 안 좋은 일이 생기면 지원해줄 거고, 조언이 필요하면 얼마든지 해줄게."

"우선 마리코 씨의 정체를 물어볼게요."

쇼헤이는 안에게 연결돼 있는 헤드폰 마이크를 고쳐 잡았다.

"안 선생님, 그럼 마리코 씨에게 질문을 좀 해볼게요. 마리코 씨는 아직 눈앞에 있나요?"

'어, 있어.'

겹겹이 막힌 전파암실 속에서 안은 대답했다.

'눈앞에 있는데 그쪽과 연락을 취하지 않으면 대화도 성립하지 않는 건 참 답답해.'

"그러네요."

쇼헤이는 덴지로의 앞 화면에서 눈을 떼지 않았다.

"다음에는 이쪽이 보고 있는 것과 같은 화면을 그쪽에도 놓도록 하죠. 마리코 씨가 익숙해지면 일일이 전파암실에 오지 않더라도 소통을 할 수 있게 되겠죠?"

'그렇게 해줘. 다음은 뭘 묻고 싶어?'

"마리코 씨의 정체를 물어봐 주세요."

마리코가 일본어를 어디까지 이해하고 있는지 알 수 없다. 과연 이쪽이 바라는, 혹은 이해 가능한 대답이 나올까 생각하면서 쇼헤이는 계속 말했다.

"어디에서 왔는지, 뭘 하러 왔는지 묻고 싶은 건 많지만 우선 마리코 씨의 정체가 무엇인지 물어봐 주세요."

'쉽게 말하지 마.'

안은 쓴웃음을 지은 듯했다.

'어떤 말투라야 이쪽의 의도를 정확하게 상대에게 전할 수 있는지도 몰라. 뭐 됐어, 해보자. 마리코 씨, 당신 정체는 뭐지? 설명해줄 수 있겠어?'

관측실에 있는 전원의 눈이 커서가 단조로운 점멸을 반복하는 컴퓨터 화면에 집중했다.

'대답은?'

안이 물었다. 쇼헤이는 대답했다.

"아직 안 왔어요."

'그래.'

잠시 기다리고 나서 안은 물었다.

'다시 한번 물어볼까?'

"음……."

어떻게 된 일인지 쇼헤이가 생각하는 사이에 커서는 문자를 찍기 시작했다.

"아니, 왔어요. 마리코는탐사기."

'뭐라고?'

'마, 리, 코, 는, 탐, 사, 기.'

쇼헤이는 화면에 표시된 히라가나를 천천히 읽었다.

"탐, 사, 기, 래요. 뭘까."

'다음에는 변환 기능도 추가해줘.'

한 박자 쉬고 안의 목소리가 계속 이어졌다.

'마리코는 탐사기. 그러면 돼?'

이번 대답은 빨랐다.

"그렇대요. 탐사기…… 탐사기?"

'탐사기는 뭐야? 설명할 수 있어?'

쇼헤이의 지시보다 빨리 안이 질문했다.

화면에 대답이 돌아올 때까지 시간이 조금 걸렸다.

"탐사하는것."

쇼헤이는 히라가나를 읽었다.

"우주를탐사하는것."

최대한 평이하게 읽고 글자를 맞춰 다시 읽어봤다.

"우주를 탐사하는 것?"

소문자나 탁음, 반탁음은 안테나에 배정되지 않았기 때문에 이쪽에서 해석할 수밖에 없다. 히라가나의 타자는 아직 계속됐다.

"하이오니아우오이시야토오쿠탄사스루모노."

"하이오니아? 우오이시야는 뭐야?"

덴지로가 고개를 갸웃거렸다. 쇼헤이는 탐사기에서 연상되는 말과 눈앞의 히라가나를 조합해봤다.

답은 바로 나왔다.

"파이어니어와 보이저다."

"그게 뭐야?"

쇼헤이는 질문한 마사키를 힐끗 봤다.

"먼 옛날 만들어진 우주 탐사선이야."

"보이저가 돌아오는 영화가 옛날에 있었죠."

말한 마세에게 사에키는 떨떠름한 얼굴로 고개를 끄덕였다.

"음…… 그런데 파이어니어도 보이저도 비행 중이고, 보이저는 아직 살아서 운용 중이야. 지구에서 출발한 탐사기가 아냐."

"탐사기라고 하면 되나? 지구를 탐사, 관측하러 왔는지 물어봐 주세요."

'마리코 씨는 파이어니어나 보이저처럼 탐사기인가?'

안은 질문했다. 화면에 대답이 나타났다.

"네, 라고 하네요."

'지구를, 이 별을 탐사, 관측하러 온 건가?'

쇼헤이의 지시를 기다리지 않고 안은 질문을 거듭했다. 이번에도 대답은 빨랐다.

"네."

'어디에서 왔지? 어디에서 이 별을 탐사하러 왔지?'

쇼헤이는 학교의 천문 관련 도서를 대략 훑어본 듯한 마리코가 그것을 어떻게 표현할지 상상해봤다.

"저 질문을 히라가나로 대답할 수 있나?"

"애초에 마리코 씨가 출발한 별의 이름을 말한다고 해도 이쪽은 그걸 몰라."

화면에 히라가나가 쳐졌다. 세 글자.

"노시아?"

쇼헤이는 덴지로와 얼굴을 마주 봤다. 일단 다른 천문부원들의 얼굴도 살펴봤지만 대답을 아는 듯한 사람은 한 명도 없었다.

쇼헤이는 다시 한번 질문했다.

"노시아라고 하면 되나요?"

다시 한번 같은 글자가 화면에 쳐졌다. 노, 시, 아.

마리아가 고개를 갸웃거렸다.

"노시아? 그게 마리코 씨가 온 별의 이름이야?"

"아니, 그렇지 않아."

전파암실 안을 비추는 모니터를 본 쇼헤이가 유미의 움직임을 알아차렸다. 유미는 카메라를 향해 안테나의 배치를 차례대로 가리키고 있었다. 노 글자가 붙은 안테나, 시 글자가 붙은 안테나, 아 글자가 붙은 안테나. 각각을 순서대로 가리키고 나서 유미는 배치된 안테나를 일직선으로 꿰뚫듯이 크게 팔을 움직여 보였다.

'유미가 뭘 하고 있는데…….'

당황한 듯한 안의 목소리를 듣고 쇼헤이는 이해했다.

"글자가 아냐, 방향이야! 노, 시, 아의 순서대로 늘어선 안테나의 연장선상에 있는 방향을 가리키고 있어!! 안 선생님, 유미가 가리키는 것과 같은 방향을 가리키고 마리코 씨에게 물어봐주세요. 이쪽에서 왔냐고."

'이 방향인가?'

안은 유미가 손가락으로 그린 것과 같은 방향으로 팔을 들고 손가락을 가리켰다.

'마리코 씨는 이쪽에서 왔어?'

화면에 히라가나가 쳐졌다. 네.

"사에키 씨."

마세가 낮은 목소리로 말했다.

"대략적이라도 상관없어요. 지금 시간에 저 방향에 있는 천체가 뭔지 아세요?"

"모니터 너머의 영상이라 정확한 방위도 각도도 모르지만."

사에키는 모니터 안의 안이 손가락으로 가리키는 방향을 실제 전파암실과 건물의 배치와 포갰다.

"대략 은하수의 한가운데 방향인가?"

"하늘의 강, 은하의 중심이라는 거군요."

마세는 고개를 끄덕였다.

"곤란하군, 은하계 우주의 중심 방향이라 치면 후보가 될 만한 별은 5만 개나 있어."

"마리코 씨가 탐사기로 출발한 건 몇 년 전인지 물어봐 주세요."

"지구의 시간 감각으로 질문해도 되는 거야?"

덴지로가 말했다.

"시간이든 년이든 지구 기준의 스케일이 아니지 않을까?"

하루는 지구가 한 번 자전하는 시간, 1년은 지구가 태양의 주위를 한 번 공전하는 시간. 당연한 상식을 떠올리고 쇼헤이는 대답했다.

"아마 괜찮을 거야. 파이어니어와 보이저라는 지구의 옛날 탐사기 이름까지 공부한 상대야. 일본어의 히라가나를 배워서 말하고 있으니 시간 단위도 아마 이쪽이 이해하기 쉽도록 번역해주지 않을까 기대하자."

"히라가나만 준비했던 게 문제가 될지도 몰라."

쇼헤이는 뒤에서 말한 마세에게 몸을 돌렸다.

"예스와 노뿐만 아니라 0에서 9까지 숫자에 대응하는 안테나도 준비해뒀으면 소통이 더 원활해졌을지도 몰라."

"그렇죠. 차라리 0과 1만 적어서 디지털 신호로 하는 편이 빨랐을지도 모르겠어요."

"디지털 신호면 어떻게 해석할 셈이야."

"마리코 씨에게 이쪽의 형식을 배우게 하면 되지 않을까요?"

"왔다!"

덴지로가 소리를 질렀다.

"2만 년 전."

쇼헤이는 화면에 표시된 히라가나를 읽었다. 마세가 옆에서 화면을 직접 들여다봤다.

"2만 년? 진짜 2만 년이라고 한 건가?!"

"그러면……."

쇼헤이는 마이크에 말했다.

"안 선생님, 들리세요? 2만 년 전이 진짜 2만 년 전인지 확인할 수 있으세요?"

"2만 년이라……."

사에키가 중얼거렸다.

"현대 문명은 커녕 지구에 현생 인류도 아직 발생하지 않았어."

'어떻게 확인하라는 거야. 아, 마리코 씨, 2만 년 전이라는 말이 어느 정도 전인지 설명할 수 있겠어?'

대답이 화면에 표시될 때까지 잠시 틈이 생겼다.

"이 별의 태양 주위를 2만 번 돌기 전."

지금까지 중에서 가장 긴 대답을 쇼헤이는 입 밖으로 내어 읽었다.

"이 별, 즉 지구가 태양의 공전 궤도를 2만 번 돈다고 대답했어요. 마리코 씨는 지구의 단위를 제대로 이해하고 이쪽에 맞춰주고 있네요."

'내가 질문해도 될까?'

쇼헤이는 화면 안의 안을 봤다. 안은 마리코 인형에게서 눈을 떼지 않았다.

'마리코 씨가 어떻게 지구에 왔는지 묻고 싶어.'

"그러세요."

쇼헤이는 대답했다.

"그건 이쪽도 묻고 싶었던 질문이에요."

'마리코 씨는 2만 년 전에 아까 가르쳐준 방향에서 출발해 어떻게 이 별에 온 거지?'

이번 대답은 빨랐다.

"톤테."

쇼헤이는 화면에 표시된 히라가나를 순순히 읽었다.

"카케테 히코오시테(비행해서)."

'무슨 뜻이지?'

"……말 그대로의 의미가 아닐까?"

마세가 말했다.

"처음의 톤테는 날아서인가?"

마세는 안과 마리코 인형을 비추는 모니터를 바라봤다.

"그녀는 전파일 거야. 전파라면 우주 공간을 광속으로 달릴 수 있어. 2만 년 전에 그녀의 모성을 출발한 탐사기가 광속으로 2만 광년 떨어진 지구에 도달해 탐사하고 있다, 그런 뜻 아닐까?"

"전파 형태의 탐사기라는 건가?"

사에키가 신음했다.

"통신파 혹은 레이더파 그 자체가 탐사기로 우주 공간을 건너왔다는 건가?"

"그게 가능한 기술이 있다고 생각하는 게 합리적이겠죠. 전자파 자체를 탐사기로 만들 수 있다면 기계적 고장도 걱정 없고, 무엇보다 빨라요. 전자파는 광속이니까 질량이 있는 기계를 그런 속도까지 가속할 필요도 없어요."

"하지만 그런 게 가능한가?"

"우리 지구 인류는 불가능합니다."

마세는 당연하다는 듯이 말했다.

"하지만 우리는 우리에게 불가능한 일이나 이해할 수 없는 것이 존재한다는 사실을 알고 있어요. 우리는 할 수 없어도 마리코 씨, 혹은 그녀를 보낸 존재라면 가능하겠죠."

"안 선생님."

쇼헤이는 모니터 안으로 말을 걸었다.

"마리코 씨에게 물어봐 주세요. 탐사기라면 탐사한 관측 데이터를 가지고 어떻게 돌아가는지."

'마리코 씨는 돌아가지 않는 건가?'

안이 인형에게 물었다.

'탐사기라면 관측한 정보를 가지고 출발한 별로 돌아가지 않나?'

입력을 기다리며 깜빡이던 커서가 히라가나를 치기 시작했다. 쇼헤이는 그것을 읽었다.

"돌아갈 수 없다."

안은 살짝 놀란 얼굴로 다시 물었다.

'돌아가지 않는 건가?'

"네."

쇼헤이는 화면의 히라가나를 읽었다. 안은 쇼헤이를 기다리지 않고 질문을 거듭했다.

'그럼 탐사기로 얻은 데이터는 어떻게 하는 거지? 그대로 자신 안에 모아둘 뿐인가?'

"탐사해 얻은 건 보낸다."

익숙해졌는지 화면에 나타나는 히라가나가 부드러워졌다.

"얻은 지식은 노시아로 보낸다."

"얻은 정보는 데이터로서 전파로 모성에 보낸다, 그런 뜻 아닐까요?"

마세가 해석했다.

"본체는 귀환하지 않고 다음 목적지로 향한다. 현재 지구에서도 소혹성 탐사기로 그런 운용이 구상되고 있어요."

"파이어니어도 보이저도 지구로 돌아오는 탐사기가 아냐."

사에키는 팔짱을 꼈다.

"지금까지 인류가 보낸 지구 밖 혹성이나 소혹성 탐사기는 그 대부분이 지구로 돌아오지 않았네. 샘플 리턴을 위해 지구로 돌아오는 편이 적어."

"그편이 간단하고 예산도 적게 드니까요. 그런데 전파의 형태로 몇만 년이나 걸려 횡단해오는 탐사기라니……."

마세는 사에키의 얼굴을 봤다.

"그녀를 보낸 문명은 아직 존속하고 있을까요?"

"안 선생님."

이야기를 듣던 쇼헤이가 말을 걸었다.

"노시아 방향에 있는 마리코 씨의 모성은 아직 살아 있는지 물어봐 주세요."

'응……'

눈앞의 일본 인형과 2만 광년 떨어진 그 모성의 문명을 어떻게든 연결하려고 상상하면서 안은 입을 열었다.

'마리코가 탐사기고 관측한 정보를 출발한 장소로 보내고 있는 건 알았어. 마리코가 출발한 그 모성은 지금도 살아서 마리코에게 지시를 보내고 있어?'

잠시 대답을 기다리고 나서 안은 자신의 실수를 깨달았다. 질문은 최대한 간단히 대답할 수 있는 형태로 정리하는 편이 좋았다.

'아니, 다시 한번 물을게. 마리코의 모성은 지금도 살아 있어?'

대답은 바로 표시됐다.

"모른다."

쇼헤이는 서슴없이 표시된 세 글자를 그대로 읽었다.

안은 다음 질문을 말했다.

'모성에서는 지금도 뭔가 지시가 오고 있어?'

이번에도 대답은 빨랐다.

"없다."

쇼헤이는 화면에 쳐진 간결한 대답을 그대로 읽었다.

마세가 신음했다.

"광속으로 날아가는 탐사기에 어떻게 명령이 닿는 거지."

"광속으로 날아가는 탐사기라도 본인의 의사로 탐사 대상에 멈출 수 있네."

대답하듯이 사에키가 말했다.

"모성에서 지령 전파를 광속으로 보내면 탐사 대상에 멈춘 탐사기에 명령을 닿게 할 수는 있을 거야. 그녀는 현재 위치도 다음 탐사 목표도 모성에 송신하고 있겠지. 모성은 그녀의 현재 위치를 알고 있을 테니까 그 좌표를 향해 지령 전파를 발사하면 돼."

"탐사 대상이나 목표는 출발 때 지시를 받았을 테니까 특별한 사정이라도 없는 한 새로운 지시를 내릴 필요는 없을지도 몰라요."

마세는 모니터에 안과 함께 비치는 일본 인형의 옆얼굴을 봤다.

"이렇게 대화를 나누는 한 그녀는 충분한 자율성을 갖추고 있는 것처럼 보이는군요."

"안 선생님"

쇼헤이는 안을 불렀다.

"마리코 씨에게 물어봐 주세요. 이 별에 온 건 언제인지."

'다음 질문이야.'

안은 말했다.

'이 별, 태양계 제3혹성 지구라고 우리가 부르는 별에 네가 도착한 건 언제지?'

이번 대답은 시간이 조금 걸렸다.

"일삼공일 전."

쇼헤이는 화면의 답을 읽었다.

"130일 전인가. 전에도 이 별에 온 적이 있는지 물어봐 주세요."

'이 별 탐사는 몇 번째지?'

안은 일본 인형의 유리 눈동자를 빤히 응시했다. 전에 탐사를 왔을 때 그녀는 선조와 대화를 나눴던 걸까.

"첫 번째."

쇼헤이는 대답을 읽었다.

"한 탐사기는 한 별을 관측한다."

"돌아온 게 아닌 건가?"

마세가 중얼거렸다.

"예전 마리코 인형과는 다른 건가?"

"돌아왔다면 처음부터 말했을 것 같아요."

쇼헤이는 마리코 인형과 안을 비추는 모니터를 바라봤다.

"그럼 안 선생님, 마리코 씨는 한 명뿐인지, 아니면 몇 기 더 존재하는지 물어봐 주세요."

'마리코 같은 탐사기는 마리코만 존재해?'

"마리코는탐사기."

쇼헤이는 화면의 글자를 읽었다.

"탐사기는잘하면많이있다."

일단 읽고 나서 띄어쓰기를 적용시켰다.

"탐사기는 잘하면 많이 있다?"

"개량하며 계속 발사했다는 뜻 아닐까?"

마세가 해석했다.

"탐사기가 사라지지 않는 전자파를 프로그램한 듯한 것이라면 발사 후의 개량은 어려울지도 모르지만, 과거 탐사기의 데이터를 피드백해 개량하기는 쉬울 거야. 만약 내가 계획 관계자라면 탐사기의 프로그램을 개량하면서 발사할 거야."

"수만 년에 걸쳐 모성에 데이터를 보내는 탐사기라면 발사 간격이 수백 년이라도 이상하지 않을지도 모르겠군."

마리코 인형에게서 눈을 떼지 않은 채 안이 말했다.

'전에 말했던 마리코 인형은 지금의 마리코보다 일찍 발사된 선배였을지도 모른다는 뜻인가.'

"마리코 씨에게 전해주세요."

쇼헤이는 마이크에 말했다.

"지구에 잘 왔어."

'지구에 잘 왔어.'

안이 마리코 인형에게 말했다. 덧붙였다.

'환영한다.'

"그리고……."

쇼헤이는 뒤에서 보고 있던 사에키에게 돌아섰다.

"이 뒤에는 어떻게 하죠?"

마세는 고개를 살짝 갸웃거렸다.

"어떻게 하다니?"

"접촉에 성공하고 최소한의 소통에도 성공했어요. 마리코 인형의 정체도 진짜인지는 몰라도 일단은 판명됐어요. 오케야 요코초는 이 뒤에 어떻게 하실 셈이에요?"

"그러면."

마세는 재미있다는 얼굴로 옆에 선 사에키를 봤다.

"지구 외 지성체가 지구에서 확인된 경우의 프로토콜은 몇 가지 규정되어 있지만, 상대가 전자파이고 게다가 탐사기인 경우의 규정이 있었나요?"

"통상적인 순서로 소통이 가능한 상대라면 보호해 협력을 요구하지."

사에키는 고개를 갸웃거리며 대답했다.

"하지만 감쇠하지 않는 전자파라면 애초에 보호할 수 있는 상대가 아닐세. 그리고 탐사가 목적이라고는 해도 그 보고 상대를 현시점에서 확인할 수 있을지 없을지도 알 수 없어."

'유미는?'

안이 말을 걸었다.

'물어보고 싶은 건 있어?'

'그게요, 아아아!!'

갑자기 유미가 안의 마이크에까지 들리는 큰 소리를 질렀다. 저도 모르게 모니터로 시선을 되돌린 쇼헤이는 그 이유를 바로 알아차렸다.

안의 앞에서 마리코 인형이 사라져 있었다.

"어라⋯⋯."

쇼헤이는 망연자실하게 중얼거렸다. 사에키는 심각한 얼굴로 고개를 저었다.

"마리코 인형이 탐사기의 본체인지 아니면 일시적인 빙의체인지는 알 수 없지만, 보고에 의하면 인형은 자유자재로 원하는 장소로 이동할 수 있다고 하네. 전자파도, 순간 이동할 수 있는 인형도 우리가 보호할 수 있다고는 생각할 수 없어."

"사라지는 모습 봤어?"

덴지로에게 묻고 쇼헤이는 부원들의 얼굴을 둘러봤다. 누구도 마리코 인형이 사라지는 순간을 보지 못했다.

쇼헤이는 휴대 단말기를 꺼내 현재 시각을 확인했다.

"길게 어울려줬으니 마리코 씨도 역시 피곤했나."

"그 인형은 어디로 갔을까."

"아마 안 선생님 차에 있지 않을까?"

쇼헤이는 마세에게 몸을 돌렸다.

"저기, 이번 실험에는 상대의 협력이 꼭 필요합니다. 그래서 찾아서 다시 한번 데려와도 아마 마리코 씨는 또 사라질 거예요. 오늘은 여기까지 해도 될까요?"

"물론이야."

마세는 동의했다.

"첫날 소통에 성공했어. 그것도 스스로 관측기구를 준비하고 순서를 정리해서 성공이라 할 수 있는 성과를 올렸어. 축배를 올리기에 충분한 성과야. 그렇죠, 사에키 씨?"

"그렇지."

사에키는 고개를 깊이 끄덕였다.

"잘했어. 마리코 인형을 앞으로 어떻게 취급할지에 대해서는 우리도 생각해봐야 하는데, 너희는 어떻게 하고 싶지?"

"마리코 씨가 탐사기라면 그야 협력하고 싶은데요."

쇼헤이는 마리코 인형이 사라진 전파암실을 비추는 모니터로 시선을 되돌렸다.

"가능하면 지금까지 탐사한 별의 이야기 같은 걸 들을 수 없으려나?

전파암실에 배치된 안테나와 장비의 정리와 병행해 마리코 인형을 찾으러 나간 유미에게서 바로 발견했다는 보고가 도착했다. 해가 완전히 진 공장동의 주차장에 세운 안의 승합차 조수석에 기다리는 얼굴로 앉아 있었다고 한다.

"한동안 마리코 인형은 천문부에서 맡는대."

미노야마 고원에서 지상을 향해 달리는 승합차의 운전석에서 안은 핸들을 돌렸다.

"즉 지금까지와 아무것도 달라지지 않았어."

"본체는 전자파, 인형도 마음대로 순간이동 가능하니 오코야 요코초나 천문대에 가져가도 언제 사라질지 알 수 없는 거잖아요?"

운전석 뒷좌석에 앉은 마리아가 말했다.

"뭔가를 하고 싶어도 어쩔 수 없어서 떠넘긴 거 아니에요?"

"다루기 성가신 건 분명해."

왕복 2차선인 미노야마 고원 도로는 대형 화물차도 통행 가능한 규격의 도로지만 가로등은 거의 없다. 마세가 운전하는 사륜구동차가 앞장서고 있어서 산길 앞에 춤추는 빨간 미등은 보이지만, 표준 장비인 헤드라이트만으로는 안심할 수 없어서 안은 추가 장비인 드라이빙 라이트를 켰다. 강한 빛에 내려가는 구불구불한 길이 비쳐졌다.

"뭐, 필요한 곳에는 오늘처럼 사에키 선생님이 연락을 할 거야."

"보고서 수고하세요."

뒷좌석에서 마리아의 옆에 앉은 쇼헤이가 말을 걸었다. 실험 종료 뒤에 안은 사에키에게 실험에 대한 보고서를 제출하라는 명령을 받았다.

"생각나게 하지 마."

안의 목소리가 가라앉았다.

"이런 실험을 뭐라고 쓰면 되는 거야."

"그야 평소대로 슥슥 쓰세요."

"간단히 되겠냐! 그리고 이번 건 평소처럼 형식을 갖춘 명목상의 서류 작성이 아니야. 내용에 흥미를 가진 각 부서에 뿌려져 자세히 조사되는데 대충한 걸 제출할 수 있겠어?"

"수고하세요."

"너희는 어쩔 셈이야?"

평소보다 느긋한 운전으로 고원 도로를 내려가면서 안이 질문했다. 쇼헤이는 옆자리에 앉은 마리아와 얼굴을 마주 봤다.

"어쩔 셈이라뇨?"

"이 뒤에 마리코 인형은 우리에게 돌아와. 내일도 아마 학교에 데려갈 텐데, 그 다음에 어쩔 거야?"

"음, 당장은 좀 더 쉽게 마리코 씨와 소통을 하고 싶어요."

쇼헤이는 승합차의 얄팍한 뒷자리에 기댔다.

"대화하는데 일일이 안테나를 배치하고 분신사바를 하는 것도 힘드니까 좀 더 쉽게는 안 되나 해서요."

"방법은 있어?"

"없을 리는 없어요. 예전 마리코 인형은 추가 장비 없이 주위 사람과 대화를 나눴다고 하니까 뭔가 방법은 있다고 생각하는데, 으음……."

쇼헤이가 뒷좌석에서 조수석과 운전석 사이로 몸을 내밀었다. 조수석에서는 안전벨트를 안전하게 채운 유미가 정면을 향한 마리코 인형을 안고 있었다.

쇼헤이는 속도계와 엔진 회전계와 그 밖의 스위치가 야간 조명에 떠오른 승합차의 운전석 주위를 둘러봤다.

"선생님 차 라디오, 나오죠?"

"당연하지."

핸들을 돌리면서 안은 대답했다.

"뭐야, 듣고 싶은 방송이라도 있어?"

"아니요, 그런 게 아니라 잠시 빌릴게요."

쇼헤이는 운전석과 조수석 사이에서 손을 뻗었다. 대시보드 아래에 수납된 전시대적인 푸시버튼식 카라디오의 볼륨 다이얼을 눌러 스위치를 켰다.

"음, 주파수 변경은 버튼인가, 오, 제대로 작동되네."

FM 버튼은 두 개 있지만 이 부근에서는 NHK밖에 나오지 않았다. 쇼헤이는 푸시버튼을 눌러 주파수대를 AM으로 바꿨다.

"안테나를 늘릴까?"

"아아, 그게 나을지도 모르겠네요. 부탁드려요."

안은 운전하면서 문에 달린 창문 핸들을 돌려 창문을 열었다. 차 밖으로 손을 뻗어 기둥에 수납된 로드 안테나를 잡아당기기 시작했다.

소음투성이였던 중파 라디오가 명료한 목소리로 오늘밤 일기예보를 전하기 시작했다. 친숙한 근처 지명을 듣고 쇼헤이는 튜닝 다이얼을 돌렸다.

"오케이, 제대로 들리네. 그럼 잠시 바행물이 없는 쪽으로."

쇼헤이는 플라스틱 커버에 적힌 간단한 주파수 표시의 아래를 움직이는 빨간 튜닝 라인을 상승시켰다.

"뭘 들을 셈이야?"

"마리코 씨의 목소리요."

뒷좌석에서 얼굴을 내밀고 쇼헤이는 유미의 무릎 위에서 앞을 향한 마리코 인형을 봤다.

"마리코 씨의 본체는 전자파이고 그 주파수는 이쪽의 계측으로 단파 라디오의 대역에서 극초단파, FM뿐만 아니라 VHF나 UHF 부근까지 자유자재로 변화해요. 아마 이쪽의 계측이 미치지 못하는 곳까지 변화할 수 있지 않을까 생각하지만, 일단 한가운데인 AM으로 음, 800킬로헤르츠."

쇼헤이는 주파수 표시에 맞춘 튜닝 다이얼의 위치를 읽었다.

"마리코 씨, 알겠지만 이 차 라디오의 주파수를 800킬로헤르츠로 맞췄어요. 특정 주파수에 사이클을 맞춰 안테나를 만지면 스피커에서 노이즈가 들릴 거예요. 잠시 해보겠어요?"

적어도 보고 대화하는 동안에 마리코 인형은 유미의 팔 안에서 사라지지 않는다. 그것을 떠올리고 쇼헤이는 덧붙였다.

"오늘 함께하고 힘을 어떻게 조절하는지 알았겠지만, 힘은 그렇게 필요 없어요. 가볍게 어루만지는 정도로 해보세요. 주파수는 800킬로헤르츠."

"괜찮겠어?"

운전하며 안이 물었다.

"가끔 해외 방송이 들리는데?"

"괜찮을 거예요."

운전석과 조수석의 등받이에 손을 댄 채 쇼헤이는 볼륨 버튼을 돌렸다. 내장 스피커가 싸구려 노이즈를 흘리기 시작했다.

"그야 바다 저편으로 가면 이 주파수의 방송도 있겠지만, 이 근처에는 위법 무선 정도밖에 없을 거예요."

스피커에서 운전하는 안이 무심코 핸들을 주춤할 정도로 심한 노이즈가 나왔다.

"지금 건 뭐야?!"

"마리코 씨?!"

황급히 볼륨을 내리면서 쇼헤이는 불렀다.

"지금 건 마리코 씨가 한 건가?"

다시 한번, 이번에는 아까보다 낮은 노이즈가 스피커에서 흘러나왔다.

"좋아, 가능하겠어. 마리코 씨, 안테나로 들어온 안쪽에서 뭘 하고 있는지는 알아요? 주파수, 파의 길이를 아까 말한 800킬로헤르츠에 맞추고 좀 길게 계속해봐요. 안테나 앞에 있는 라디오가 마리코 씨의 전파 신호를 소리로 바꿔 스피커로 흘릴 테니까."

"마리코 인형에게 중파 라디오를 흉내 내게 할 셈이야?!"

운전석의 안이 소리를 질렀다.

"맞아요."

운전석과 조수석 사이로 몸을 내민 채 쇼헤이는 고개를 끄덕였다.

"덴지로에게 중파 라디오에 대해 강의를 받았는데, 그걸 마리코 씨가 이해하면 어떻게든 되지 않을까 해서요."

"마리코 씨는 전파잖아."

뒷좌석의 마리아가 말했다.

"그렇다면 직접 스피커의 전선에 접촉하면 되지 않아?"

"저기서 날아오는 방송 전파와 스피커의 전선을 흐르는 신호는 강도가 전혀 달라. 방송하는 커다란 안테나의 바로 옆까지 가면 단순한 금속 덩어리, 예를 들어 스푼에서도 방송이 들리겠지만 아무리 그래도 마리코 씨의 출력은 그렇게까지 높지 않아."

"흐음."

"하지만 라디오라면 멀리 떨어져 약해진 방송국의 전파라도 증폭해 스피커로 목소리나 음악의 신호를 흘려줘. 마리코 씨도 직접 스피커의 코드를 튕기는 것보다 안테나를 경유해 라디오를 울리는 편이 편하지 않을까 해."

"호오."

영혼 없는 대답을 하고 뒷좌석에서 몸을 살짝 내민 마리아는 조수석에 앉은 유미의 무릎 위에 있는 마리코 인형의 옆얼굴을 봤다.

"하지만 그렇다면 마리코 씨에게 방송 전파의 원리를 쇼헤이가 강의하는 것보다 부근에서 날아다니는 방송 신호를 마리코 씨가 흉내 내는 편이 빠르지 않아?"

"아……."

쇼헤이는 유미의 무릎 위에 있는 마리코 씨를 봤다. 조심스레 물어봤다.

"마리코 씨, 할 수 있어요? 800킬로헤르츠로 날아다니는, 길이가 절반에서 두 배 정도인 전파는 대부분이 방송용 전파예요. 전파의 강약과 미묘한 흔들림에 음성 신호를 얹어서 그것을 라디오 안에서 소리로 변환시켜 스피커로 흘리게 되어 있어요. 전파에 관해서는 마리코 씨가 더 잘 알 테니 주위를 날아다니는 방송 전파를 복사해 800킬로헤르츠로 흘러보면 뭐가 어떻게 됐는지 이해할 수 있을 거예요."

잠시 동안 산길을 달려 내려가는 승합차의 안에 스피커에서 나오는 잡음과 타이어에서 나는 로드 노이즈, 엔진 소리, 바람을 가르는 소리만 났다.

스피커에서 나는 소리가 조금이라도 들리기 쉬워지도록 핸들을 쥔 안은 주행 속도를 낮췄다.

"틀렸나."

쇼헤이가 입을 열었다.

"그리 쉽게는 안 되나."

어깨를 살짝 늘어뜨리고 안은 액셀을 밟았다. 앞장서는 사륜구동차를 쫓아 속도를 올렸다.

갑자기 스피커에서 삑! 하고 뭔가가 이어진 듯한 노이즈가 넘쳤다.

"뭐, 뭐야?!"

'지금부터 7시 뉴스를 전해드리겠습니다.' '안녕, 오늘밤도 댄 싱 스타의 시간이 돌아왔습니다. 여러분 잘 지냈나요?' '투수, 와 인드업해 3구를 던졌습니다. 스트라이크!'

채널을 재빨리 바꾸듯이 여러 방송국의 음성이 아주 낡은 카 라디오의 스피커에서 흘러나왔다. 겹쳐지듯이 클래식과 팝 음악, 해외 라디오 방송국인 듯한 음악과 목소리가 몇 개나 들렸다.

"야 야 야……."

자신도 모르게 엑셀을 늦춘 안은 승합차의 속도를 낮춰 길가에 세웠다. 엔진이 공전하는 조용한 소리에 안이 켠 비상등이 깜빡이는 기계 소리가 겹쳐졌다.

카라디오의 스피커가 조용해졌다. 승합차에 탄 네 명은 다음에 스피커에서 나올 소리를 기다렸다.

쫓아오던 마사키의 슈퍼 커브가 길가에 대고 비상등을 켠 승합차의 옆에서 멈췄다. 운전석 쪽을 노크했다. 안은 안테나를 든 뒤에 한 번 닫은 운전석 쪽 창문을 핸들을 돌려 열었다.

"무슨 일이에요?"

커브에 탄 마사키가 헬멧의 실드를 올렸다. 안은 대답하려고 했다.

"아니, 아무것도 아냐. 지금 마리코 인형과……."

'안녕하세요. 나는 마리코입니다.'

살짝 혀 짧은 소리가 단조롭게 카 라디오의 스피커에서 흘러나 왔다.

'여러분, 잘 지내시나요.'

"어머, 마리코 씨도 참."

조수석에 앉은 유미가 웃음 섞어 말했다.

"어느새 방향까지 바꾸고."

유미의 무릎 위에서 앞을 향하고 있었을 마리코 인형이 옆으로 앉아 운전석을 향하고 있었다.

유미는 옆을 향한 마리코의 가지런한 머리를 부드럽게 어루만졌다.

"멀리서부터 열심히 해왔던 거네요."

운전석을 향하고 있는 마리코 인형을 보고 핸들에 두 팔을 낀 안이 깊은 한숨을 토했다.

"하지 마아아."

"네?"

"이 이상 리포트에 써야 할 중요 사항을 늘리지 말아줘."

안은 핸들에서 얼굴을 들고 부원들을 봤다.

"잘 들어, 이 일은 학교 밖으로 퍼트리지 마."

"하, 학교 밖이요?"

안의 귀신같은 형상에 쇼헤이의 목소리가 뒤집어졌다.

"대체 어디까지가 학교 밖이에요?"

"일단 이와대와 오코야 요코초, 그리고 천문대야!"

안은 울부짖었다.

"리포트는 오늘밤 중에 제출하라고 했으니까 미뤄도 내일 아침에는 그게 이곳저곳으로 돌아다니고, 긴급 안건이 아닐 테니까 방침이 결정되는 건 빨라도 사흘. 그때까지 얘기가 밖으로 새지 않으면 돼."

"그러면 교내는요?"

"교내에서는 마음대로 해도 돼."

안은 핸들을 다시 잡았다.

"라디오를 경유해 마리코 씨와 직접 이야기를 나눌 수 있다면 전파연의 협력을 받으면 더 편하고 쉽게 이야기를 할 수 있게 될지도 몰라. 그건 진행해줘. 하지만 오늘밤 돌아가는 차 안에서 마리코 씨와 라디오를 통해 이야기하는 데 성공한 것만은 다른 데에는 비밀이야. 알았지!"

마지막 한마디를 하고 차 밖의 마사키를 쏘아보고서 안은 정면을 향했다.

"자 가자. 너무 늦으면 선배가 걱정해 상황을 보러 올지도 몰라."

제5일

　다음 날 방과 후 천문부 부실에 들어온 안은 실험 탁자 위 나무 상자에 앉아 있던 마리코 인형에게 기다렸다는 듯이 인사를 받았다.

　'안녕, 난 마리짱. 지금 부실에 있어.'

　"너는 심우주에서 날아온 탐사기에 대체 뭘 가르친 거야?!"

　안은 마리코 인형 바로 곁에 있던 쇼헤이의 멱살을 틀어쥐었다. 쇼헤이는 황급히 양손을 휘둘렀다.

　"아니, 어쩌다보니."

　"어쩌다보니는 무슨! 지금 목소리는 스피커가 아니라 마리코 인형에게서 들렸어! 대체 무슨 짓을 한 거야!"

　"마리코 씨의 곁에 항상 라디오를 준비하는 것도 힘들어서 기모노 소매에 소형 라디오를 넣어봤어요."

　뒤에 있던 유미가 마리코 인형이 입고 있는 후리소데의 소매를 살짝 들어 보였다.

　"마리코 씨와 라디오를 함께 두면 마리코 씨가 원하는 때 말할 수 있으니까요."

　'안녕, 난 마리짱. 지금 부실에 있어.'

　쇼헤이에게서 손을 떼고 안은 깊은 한숨을 토했다.

　"또 무슨 짓을 했지?"

　"마리코 씨를 상대로요?"

　"달리 누가 있어!"

안은 쇼헤이에게 다가갔다. 쇼헤이는 도움을 요청하듯이 부원들의 얼굴을 둘러봤다. 도움은 없었다.

"아니 그게요, 그런 일이라면 선생님이 직접 마리코 씨에게 물어보시는 건 어때요? 마리코 씨는 어제 오늘 말을 꽤 할 수 있게 됐어요."

안은 다시 한번 실험 탁자 위에 앉아 있는 마리코 인형을 봤다. 부실에서 평소 얼굴을 하고 있는 부원들의 얼굴을 봤다.

"탐사기야."

작은 목소리로 중얼거리자 유미가 고개를 끄덕였다.

"마리코 씨예요."

결심하고 안은 실험 탁자에 손을 짚고는 나무 상자에 앉아 있는 마리코 인형과 시선을 맞췄다. 헛기침인지 뭔지를 했다.

"아—, 천문부 고문인 우메다 마리다. 컨디션은 어때?"

딱딱한 말투에 상황을 지켜보고 있던 유미와 마리아가 풋, 하고 웃음을 터뜨렸다. 마리코 인형은 안을 빤히 바라보고 있었다. 안은 마리코 인형에게서 눈을 떼지 않고 대답을 기다렸다.

'괜찮다.'

두 손을 포개고 나무 상자에 앉아 있는 마리코 인형의 후리소데 바닥에서 그다지 음질이 좋지 않은 스피커에서 축소된 목소리가 들렸다.

'당신 컨디션은?'

"아, 응, 나쁘지 않아."

설마 되물을 줄 몰랐던 안은 순간적으로 무난한 대답을 했다.

쇼헤이에게 힐끗 시선을 돌렸다.

"그사이에 벌써 인사까지 하게 된 거야?"

"그게, 의외로 평범하게 말할 수 있어요 상대에게 일본어가 통해서 지구 밖에서 온 탐사기라는 점만 의식하지 않으면 대화가 제대로 성립해요."

"너희는 순응성이 높구나."

당연하다는 듯한 얼굴을 하고 있는 부원들을 둘러보고 안은 마리코 인형에게 시선을 되돌렸다.

"원하는 건 뭐야?"

그게 자신에게 하는 말이라는 것을 마리코 인형이 어떻게 인식하는지 안은 생각했다. 자기 마음대로 돌아다닌다는 것은 마리코 인형이 주변 환경을 상당히 정확하게 파악하고 있다는 뜻이기도 하다. 하지만 전파뿐인 시스템이 자신의 위치와 주위의 물체를 어떻게 인식하고 있을까. 그것을 어떻게 질문해야 이쪽이 원하는 정확한 대답을 얻을 수 있을까.

'괜찮다.'

어제 승합차의 라디오에서 흘러나온 것과 마찬가지로 약간 혀 짧은 소녀의 목소리로 마리코는 대답했다.

'관측 정보는 순조롭게 쌓이고 있다.'

"그렇구나, 탐사기가 요구하는 건 정보로구나."

그리고 본체가 자유롭게 움직일 수 있는 전자파인 마리코는 원하는 정보를 얻기 위해 원하는 장소로 이동할 수 있다. 전자파라서 중력에 얽매이지 않고 우주 공간을 날아다닐 수도 있다. 지구

뿐만 아니라 다른 혹성이나 위성에 관한 정보도 쉽게 얻을 수 있으리라.

"그런데 이 이상 어떤 정보가 필요한 거지?"

전자파를 본체로 하는 탐사기가 어떤 센서로 어떤 데이터를 축적하고 있는지 생각하며 안은 질문했다. 태양계의 데이터라면 항성의 타입에서부터 고전하는 혹성의 궤도, 크기, 주요 구성 성분까지 모두 조사가 끝났어도 이상하지는 않다.

'마리코는 모든 정보를 수집한다.'

혀 짧은 어린아이 목소리로 마리코 인형은 대답했다.

'특히 생명에 관한 관측은 우선순위가 높다.'

"생명에 관한 관측."

안은 반복했다. 중요한 정보에 접근하고 있다는 감각에 의지해 질문을 거듭했다.

"지금까지도 생명체를 관측한 적은 있어?"

'여러 번 있다.'

마리코 인형은 스피커 너머의 목소리로 선뜻 대답했다.

"어디서!"

안은 힘차게 물었다.

"어떤 생명체와 접촉했어?!"

'관측 데이터는 모두 송신이 끝났다.'

어린아이 목소리로 마리코는 담담하게 대답했다.

'송신 뒤의 관측 데이터는 기록 영역 확보를 위해 삭제됐기 때문에 과거의 관측 데이터는 남아 있지 않다.'

낙담하는 목소리가 천문부원에게서 새어나왔다.

"그런가⋯⋯."

안은 어깨의 힘을 뺐다.

"기록 영역은 한정돼 있는 건가. 모든 관측 데이터를 유지할 수는 없어?"

'모든 관측 데이터를 유지하면 마리코는 끝없이 커지게 된다. 송신된 데이터는 아직 우주 공간에 있으니까 수신할 수 있다.'

"어떻게?"

이야기를 듣고 있던 마리아가 쇼헤이에게 물었다. 쇼헤이는 잠시 생각하고 대답했다.

"아마 마리코 씨의 관측 데이터는 전파 형태로 출발한 별을 향해 발사됐을 거야. 전파는 광속으로 나아가고, 수신됐다고 해서 거기서 소실되는 게 아니니까 앞질러가 안테나를 준비해두면 얼마든지 수신할 수 있다는 거 아닐까?"

"전파를 어떻게 앞질러 가는데?"

"그게, 초광속으로 전파를 앞지르면."

"어떻게?"

"워프나 양자 텔레포션이나."

"그래그래."

"아, 그렇게까지 비현실저인 수단이 아니라도 발사된 전파라면 퍼지면서 나아갈 테니까 어딘가의 별이나 뭔가에 반사돼 돌아오는 걸 포착하는 방법도 있어."

"현실적인가요?"

마리아는 이번에는 안에게 물었다. 안은 심각한 얼굴로 고개를 끄덕였다.

"몇 십 년 전인가 몇 백 년 전인가에 발사된 탐사기에서 보낸 관측 결과라. 수백 광년 떨어진 탐사기에서 전파를 수신해 분리하고 해석하면 불가능하지는 않겠지만, 현 지구의 설비와 기술로는 무리겠지."

안은 실험 탁자 위의 마리코 인형에게 시선을 되돌렸다.

"생명체를 관측하는 기준 같은 건 있어?"

마리코는 대답하지 않았다. 잠시 기다리고 나서 안은 마리코가 대답하기 쉽도록 질문을 거듭해봤다.

"어떤 생명체를 발견하면 관측하는 거지?"

'어떤 생명체든 발견하면 관측한다.'

마리코는 대답했다.

'그중에서도 다른 종과 소통할 수 있는…….'

안은 마리코의 말을 반복했다.

"그게 너희가 정의하는 지성체의 기준이야?"

진딧물과 공생하는 개미나 탁란하는 뻐꾸기 등은 이종과 소통하는 생명체에 포함되는가 포함되지 않는가를 생각하며 안은 물어봤다.

'자기 보존, 자기 복제를 하는 생명체는 희소하다.'

마리코 인형은 대답했다.

'이종과 소통을 할 수 있는 생명체는 더욱 희소하다.'

"조사해야 할 생명체의 기준을 거기에 뒀다는 뜻인가."

"조사할 최우선 순위를 소통할 수 있는 생명체로 했다는 것 같아요."

쇼헤이가 보충 설명했다.

"전체 관측 대상을 계속해서 관측할 수 있는 프로그램이 아닌 것 같으니까요."

"그런가……."

'탐사기와 소통할 수 있는 생명은 더더욱 희소해.'

마리코가 말했다.

'쌍방에 소통할 의도가 있어도 성립하지 않는 케이스가 태반이다.'

안은 부원들의 얼굴을 둘러보고 마리코에게 시선을 되돌렸다.

"그래서 여기에 있는 건가."

대답은 없었다. 그러나 안은 마리코가 동의한 것 같았다.

"옛날 우리 집에 있던 것도 거기라면 소통이 성립할 가능성이 높다고 판단했고, 사실 성립했기 때문인가."

"저기, 괜찮으세요?"

쇼헤이가 안에게 말을 걸었다.

"뭐가?"

"지금 대화도 오코야 요코초에 보고서를 올려야 하지 않나요?"

안은 깜짝 놀라 입가에 손을 댔다.

"네 말 때문에 생각났어. 모레 방과 후에 오코야 요코초에 구두로 보고하러 오라고 호출이 왔어."

"네에."

동의하듯이 쇼헤이는 고개를 끄덕였다. 부실 안을 둘러봤다.

"모두가요?"

"가능하면 마리코 인형도 함께."

안은 마리코 인형에게 다시 고개를 돌렸다.

"마리코 씨, 우리는 이 별에 사는 존재로서 외부에서 온 존재에 대단한 흥미를 품고 있어."

쓴웃음을 짓고 안은 말을 다시 했다.

"우리는 다른 별에서 온 존재에 대한 관측의 우선순위가 높아. 협력해주지 않겠어?"

'알았다.'

맥이 빠질 만큼 간단하게 마리코 인형은 대답했다.

'그 시간에 달리 좋은 관측 대상이 없는 한 동행한다.'

"고마워."

안은 마리코에게 인사했다.

제6일

"난 마리짱. 지금 부실에 있어."

"무슨 일이 있어도 그걸 마이크 테스트로 쓸 셈이냐."

안은 쇼헤이가 탄 커피가 부어진 해골 찻잔을 손을 잡았다.

"지원은 안 해줄 거야. 변명은 스스로 해."

"자기소개와 현재 위치를 한 번에 끝내는 건 합리적이라고 생각하는데요."

자신의 구리 조끼에 커피를 붓고 쇼헤이는 쇠주전자를 실험 탁자의 냄비 받침에 놓았다.

"마리코 씨의 목소리가 꽤 깨끗해졌어. 장치를 바꾼 건가?"

"오, 아시겠어요?"

쇼헤이는 뜨거운 물을 내뿜거나 커피콩을 뿌리는 불의의 사고가 발생해도 피해를 입지 않도록 컴퓨터의 디스플레이와 키보드가 놓인 안의 책상 위에 의자를 대신하는 나무 상자와 함께 피난시킨 마리코 인형을 봤다.

"전파연의 협력을 받아 소매에 넣었던 소형 라디오를 가슴팍에 장치했어요. 그 김에 스피커도 더 크고 고급스러운 것으로 교환하니 목소리도 깨끗해지고 입에 가까운 곳에서 들리게 됐죠?"

"내부 구조를 만진 거야?"

안은 심각한 얼굴로 마리코 인형을 다시 봤다.

"일단 이와대에서 빌린 물건이야."

"괜찮아요. 마리코 씨의 내용물을 자르거나 깎는 짓은 하지 않았어요. 아시는 대로 몸은 대부분 나무 구조체여서 빈 곳에 부품을 잘 넣어 고정했어요."

"그걸로 납득해주면 좋겠는데."

"괜찮지 않을까요? 마리코 인형은 잔뜩 조사해 이상 없다는 결과를 냈잖아요?"

"탐사기인 마리코 씨가 빙의된 상태로 조사하고 싶다는 말을 꺼낼지도 몰라."

안은 저번에 미노야마 천문대의 전파암실에서 한 실험에서 그런 전개가 펼쳐지지 않았던 이유를 떠올렸다.

"마리코 씨의 동의가 없는 한 현 상황에서 조사는 할 수 없으니까 똑같나."

말하고 안은 쇼헤이의 얼굴을 다시 봤다.

"그렇다면 마리코 씨는 가만히 너희한테 개조됐다는 거야?"

"개조라니 듣기 거북하네요."

쇼헤이는 손을 저었다.

"애초에 옷을 갈아입히는 건 여자들이 도와줬어요."

마리코 인형이 입고 있는 후리소데는 남색 오시마츠무기에 등나무 무늬가 그려진 본격적인 것이다. 안은 마리아를 봤다.

"마리아가 입혔어?"

"저예요."

유미가 부끄러운 듯이 손을 들었다.

"선생님 집에서 배웠거든요."

안은 살짝 놀란 얼굴로 마리코 인형을 다시 봤다. 유미가 처음에 배운 건 잠옷인 유카타를 입는 방법이었고, 처음에는 엉망이었지만 며칠 지나지 않아 점점 그럴듯해져갔다. 마음에 든 할머니가 기모노를 입히는 법을 가르치고 안보다 훨씬 잘 배운다고 칭찬했던 것을 떠올렸다.

"확실하게 신뢰를 얻었다는 건가."

안은 고개를 끄덕였다.

"내일 방과 후에 오코야 요코초에 보고하러 갈 거야. 잘 부탁해."

제7일

이와에시의 관공서가에서 가장 새로운 전세기의 철근 건축인 어로회관은 평일답게 직원 및 방문객의 자동차로 주차장의 태반이 차 있었다.

경승합차의 운전석에서 내린 안은 주차장의 차 행렬 속에서 낯익은 사륜구동차를 발견하고 얼굴을 찌푸렸다.

"선배도 온 건가."

"그야 대학 창고에서 마리코 씨를 발견했을 때도 있었던 관리 담당격이잖아요?"

"그런 어엿한 이유이겠냐. 저건 단순한 구경꾼이야!"

주차장에 커브를 세운 마사키와 합류해 정면 현관에서 어로회관으로 들어갔다. 아침이 이른 어로회관은 이제 곧 종업 시간이 되기 때문에 1층 로비는 텅 비어 있었다.

"기다리고 있었습니다."

로비에서는 파일을 옆에 들고 잘빠진 안경 미인이 일행을 기다리고 있었다. 전원의 얼굴을 확인하듯이 둘러보고 인사했다.

"우메다 조합장의 비서인 오쿠누키입니다."

"이와에 고등학교 천문부 고문인 우메다입니다."

인사를 나누고 안은 데리고 온 천문부 일동에게 손을 들었다.

"이쪽이 이와에 고등학교 천문부. 그리고 마리코 인형입니다."

가슴 앞에 두 팔로 인형을 안고 있던 유미가 마리코와 함께 비즈니스 슈트 차림의 오쿠누키에게 인사했다.

"안녕하세요."

오쿠누키는 앞장서서 엘리베이터로 걷기 시작했다.

"여러분, 잠시 기다려주세요."

최상층인 조합장실에는 조합장인 우메다 안도로, 미노야마 천문대장 사에키뿐만 아니라 마세도 천문부원들의 도착을 기다리고 있었다.

형식적인 인사 후 6인용인 기다란 소파의 한가운데에 굳어서 마리코 인형을 안은 유미와 마리아를 남자 부원이 사이에 두는 형태로 앉았다.

"그런 얼굴을 하고 있었나?"

우메다 조합장은 거대한 야쿠 삼나무 원목 테이블 맞은편에서 유미에게 안겨 있는 마리코 인형을 빤히 응시했다.

"옛날에 봤을 때보다 표정이 뭔가 바뀐 것 같은데……."

"몇 년 만에 마리코 인형을 보시는 건데요?"

같은 선주 저택에서 마리코 인형을 본 적이 있는 안이 물었다.

"그리고 지금의 마리코 인형은 빙의된 거예요."

우메다는 옆에 앉은 사에키와 거북해 보이는 시선을 교환했다.

"기록 준비 다 됐습니다."

응접세트에서 조금 떨어진 책상에서 디스플레이와 키보드를 눈앞에 둔 오쿠누키가 말을 걸었다.

"언제든지 개시할 수 있습니다."

"음."

우메다는 천문부원, 유미가 안은 마리코 인형에게 다시 고개를 돌렸다.

"시작해도 되겠나?"

"그 전에 보고할 게 있어요."

1인용 소파에 살짝 앉아 있던 안이 손을 가볍게 들었다.

"보고서에 천문대의 전파암실을 사용해 마리코와의 소통에 성공했다고 적었는데, 그 뒤에 진전이 있었어요."

우메다는 안에게 시선을 향했다.

"그 건에 관한 보고는 아직 받지 않았는데?"

"긴급성이 희박하고 진전이 빨라서 나중에 정리해 보고하면 된다고 판단했습니다."

안은 할아버지인 우메다의 얼굴을 똑바로 보고 대답했다.

"전에 제출한 리포트의 평가도 받지 않았으니까요."

"지금 듣는 편이 좋을 것 같군."

우메다는 책상에 앉은 오쿠누키에게 눈길을 줬다.

"기록을 시작해주게."

"알겠습니다."

오쿠누키는 녹음기를 시작시켰다. 우메다는 안에게 몸을 돌렸다.

"그래서 뭘 한 거지?"

"저희 천문부원들이."

안은 긴 소파에 딱딱하게 앉아 있는 네 명을 봤다.

"마리코 인형에 빙의되어 있는 탐사기의 정체가 전자파이고,

그 전자파를 임의로 제어할 수 있다면 전파암실에 무수한 안테나를 설치하지 않아도 라디오를 경유해 직접 접촉을 할 수 있다는 사실을 알아냈는데요."

"성공한 건가?!"

사에키가 소리를 질렀다.

"그만한 성과를 올린 후 전파암실 대여 요청이 오지 않아서 이상하다고는 생각했는데, 그런 일을 벌였던 건가?!"

"네."

안은 고개를 끄덕였다.

"처음에는 옆에 있는 라디오를 경유해 특정 주파수를 지정해서 노이즈를 울리는 것부터 시작했고, 그 다음에는 마리코 인형의 소매에 들어가는 소형 라디오를 넣어서, 그래도 음질이 좋지 않아서 최종적으로 가슴에 수신 장치, 스피커와 전지를 넣었다고 합니다."

안은 흥미롭게 귀를 기울이고 있는 마세의 얼굴을 힐끗 봤다.

"물론 내부 구조를 개조하는 짓은 하지 않았습니다."

"전에 조사했을 때 인형 안에 블랙박스가 없는 건 물론 재질적으로도 지구에 넘쳐나는 재료로 만들어진 건 확인했어. 그러면."

마세는 유미의 무릎 위에 놓은 마리코 인형을 봤다.

"탐사기는 우리의 일본어 회화도 듣고 내용을 이해한 거지? 라디오를 내장했다는 건 즉 그녀와 분신사바를 통하지 않고 직접 이야기할 수 있게 됐다는 뜻인가?"

"그렇습니다."

안은 동의했다.

"보고서에 쓴 대로 마리코 인형은 지금까지 지구에 대한 조사 활동을 거치며 일본어를 완전히 이해한 것 같아요. 다른 언어에 대해서는 확인하지 않았지만, 통상적으로 전파에 실린 주요 언어라면 해석하고 이해하지 않을까 예측합니다.

"인간이 쓰는 것 이외의 언어에 관해서는?"

마세가 질문했다.

"전파를 해석하고 음성으로 돌아가서 이해하는 것보다 그 주변을 날아다니는 휴대전화나 인터넷의 전파에 실린 데이터를 그대로 해석하는 편이 빠르지 않을까?"

"마리코 씨는 대략 2만 년 전에 우리 은하 방향에서 쏘아진 전자파로 만들어진 탐사기입니다."

안은 대답했다.

"마리코 씨를 만든 존재가 그녀에게 해석 능력을 얼마나 부여했는지 우리는 아직 그 정답에 도달하지 못했습니다. 그러나 소통 수단은 대폭 개선했습니다. 더 이상 그녀와 대화하는 데 대규모 설비는 필요 없어요. 마리코 씨에게 직접 질문해보시면 어떨까요."

마세는 동의를 얻듯이 우메다에게 눈짓으로 물었다. 고개를 살짝 끄덕인 것을 확인하고 유미의 무릎 위에 앉은 마리코 인형에게 몸을 돌렸다.

"이야기를 좀 해줄 수 있을까?"

가볍게 헛기침을 하고 마세는 계속 말했다.

"나는 이와미 대학에서 전자공학과 정보처리를 공부하며 이 별 밖에서 오는 존재에 대한 연구를 하고 있어. 몇 만 광년이나 떨어진 별에서 온갖 별을 돌고 왔을 네 이야기를 듣고 싶어."

"난 마리짱."

살짝 혀 짧고 높은 여자아이 목소리로 평소처럼 대답한 마리코 인형에게서 안은 남몰래 시선을 돌렸다.

"지금 오리온자리 팔의 스펙트럼 G형 항성의 안쪽에서 세어 세 번째 혹성에 있다."

호오, 하고 우메다와 사에키 두 노인이 신음했다.

"마세 군, 계속해보게."

지시한 사에키가 작은 목소리로 소감을 말했다.

"오리온자리 팔도 스펙트럼 G형도 지구 인류가 한 분류입니다. 즉 탐사기는 우리가 우주를 어떻게 인식하고 있는지에 대한 데이터까지 수집하고 있다는 뜻이 됩니다."

"일본어를 습득하고 여기에 올 정도의 우주인이라면 지구의 독자적인 명명 규칙까지 습득한 예는 드물지 않아."

역시 작은 목소리로 우메다가 답했다.

"하지만 그 경우 우주인은 사전에 충분한 시간을 들여 조사 예습을 하고 있어. 전혀 모르는 상태에서 고작 반년 만에 이렇게까지 조사하고 마스터하다니, 탐사기로서는 지극히 고성능이라고 판단할 수밖에 없군."

"너에 대한 확인이 될 텐데."

마세는 자신에게 시선을 향하고 있는 듯한 마리코 인형의 하얀 얼굴을 다시 봤다.

"마리코 씨의 목적을 알고 싶어. 탐사기로서의 관측 목표는 있는 건가?"

"마리코의 목적은 천체 관측."

마리코는 그다지 억양 없는 목소리로 대답했다.

"항성, 혹성에서 가스 구름 등 다양한 천체의 최신 상황을 관측한다."

"최신 상황이란?"

마세가 질문했다.

"천체에 관한 어떤 정보를 중시해 관측하지?"

"현재 위치, 운동 법칙, 질량, 온도, 성분, 상태 등을 관측한다."

"관측에 필요한 시간은 어느 정도지?"

마세는 끊임없이 질문했다.

"우리가 지금 있는 항성계의 관측에는 시간이 얼마나 걸리지?"

"통상은 통상 관측뿐."

마리코도 막힘없이 질문에 대답했다.

"오르트 구름에서 성계의 중심이 되는 항성까지 있는 천체에 대한 관측은 한 번의 통과로 완료한다."

"통과 관측을 한 번만 하는 건가."

우메다가 중얼거렸다.

"그것 말인데, 데이터를 어느 정도 얻을 수 있지?"

"우리가 날리는 탐사기보다 훨씬 정밀한 데이터를 얻을 수 있다고 봐야겠지."

사에키가 말했다.

"관측 수단의 대부분이 수동 관측뿐이라고는 하나 관측 범위는 전파 영역에 그치지 않고 자외선에서 적외선, 대기권 내에서는 음파까지 미칠 겁니다. 게다가 그 정밀도는 이 거리에서 우리를 개체 인식할 정도이고, 더구나 본체가 전자파라면 2호기, 3호기의 발사도 쉽습니다."

"같은 전자파 탐사기가 개량되며 발사되고 있다고 보고서에 있었지."

우메다는 안을 봤다. 안은 고개를 끄덕였다.

"그 단 한 기라도 지금까지 데이터를 얼마나 모성에 보냈는지 상상도 할 수 없군."

"그만한 기술을 가지고 있고, 이 우주는 관측하기에 충분한 대상이라는 뜻이겠죠."

마세는 마리코 인형에게 다시 고개를 돌렸다.

"한 번의 통상 관측이 아니라 반복해서 관측을 하는 경우는 있나?"

"있다."

움직이지 않는 것이 신기할 정도의 반응으로 마리코는 대답했다.

"통과 관측으로 충분한 데이터를 얻을 수 없는 특이한 천체, 현상에 대해서는 반복 관측을 실시한다."

"반복 관측을 실시하는 조건은 정해져 있는 건가?"

"규정되어 있다."

마리코 인형은 대답했다.

"이미 아는 범위에 속하지 않고 관측 예가 없는, 혹은 아주 적은 현상이 관측된 경우 반복 관측을 실시한다. 또한 미지의 지적 생명체가 관측된 경우에도 반복 관측을 실시한다."

본론에 들어왔다고 생각하고 안은 마세와 우메다와 사에키의 표정을 주의 깊게 관찰했다.

"지적 생명체."

마세는 마리코의 말을 반복했다.

"……지적이지 않은 생명체의 경우에는 반복 관측의 대상이 되지 않는 건가?"

"되지 않는다."

마리코는 즉답했다.

"생명체의 존재는 우주에서는 관측 예가 적은 사례가 아니다."

사에키가 한숨을 토하듯이 고개를 끄덕였다. 마세는 질문을 거듭했다.

"그러면 지적 생명체의 존재는 드문가?"

"지적 생명체도 생명체보다 관측 예는 적지만 반복 관측을 규정할 정도로 드문 존재는 아니다. 반복 관측이 규정되는 건 미지의 지적 생명체의 존재가 예측됐을 때다."

"지적 생명체의 정의는?"

마세가 물었다. 마리코는 안이 물었을 때와 같은 대답을 했다.

"다른 종과 소통이 가능한 생명체."

"즉……."

마세는 얻은 데이터를 정리하듯이 사이를 두었다.

"네가 지구에 머물며 반복 관측을 하는 이유는 여기에 우리, 즉 너희가 정의하는 소통 가능한 지적 생명체의 존재가 확인됐기 때문인가?"

"그렇다."

마리코는 대답했다.

"먼저 이 구역을 관측한 탐사기가 자연 현상이 아닌 전파 신호를 수신하고 초기 기술 문명의 단계까지 도달한 지적 생명체의 존재를 확인했다. 앞선 탐사기는 지적 생명체의 존재와 관측지속을 후속 탐사기인 우리에게 지령했고, 내가 여기에 왔다."

"예전 마리코 인형인가……"

우메다가 신음했다.

"옛날에 말했던 마리코 인형이 네 선배였던 건가."

"너희는 앞서 온 탐사기와 네트워크까지 만든 건가?"

마세가 더 물었다.

"지구에 온 건 선행기에게서 지령이 있었기 때문인가?"

"네트워크는 아니다."

마리코는 대답했다.

"정보는 앞선 탐사기에서 후속 탐사기로 일방통행한다. 나중에 온 탐사기가 앞서 온 탐사기의 정보를 듣는 경우는 있지만, 그것도 전부는 아니고 반대 경우도 없다."

"그런가, 광속으로 나는 탐사기에 나중에 데이터를 보내도 따라잡지 못하는 건가."

마세는 납득했다.

"앞선 탐사기의 정보를 모두 수신하지는 않는 건가. 선행기의 정보는 후속기에 귀중한 정보가 될 것 같은데."

"탐사기가 들을 수 있는 건 모성을 향해 보내진 보고. 그것도 방향이 맞지 않으면 들을 수 없다."

한 박자 쉰 듯한 타이밍에 마리코는 덧붙였다.

"모성으로 보내는 보고는 감쇠하지 않는 전자파가 아니라 일반적인 전자파로 보낸다. 지향성이 강해서 수신 범위가 한정된다."

"천문대에서도 한 질문의 반복이 될지도 모르겠지만 묻고 싶군. 다른 탐사기에서 보낸 데이터나 너 자신이 관측한 데이터는 보전되지 않는 건가?"

"탐사기는 데이터를 보존하지 않는다."

마리코는 답했다.

"관측한 데이터는 보고로 보내진 후 소거된다."

"어째서지?"

마세는 인형의 외관에서 다른 정보라도 얻을 수 있는 것처럼 마리코를 빤히 응시하고 있었다.

"탐사기에 관측 정보만큼 중요한 것은 없을 거야. 기껏 얻은 관측 정보를 보고가 끝났다고 소거할 필요가 있나?"

"탐사기는 관측 정보를 보고한 후 소거된다."

마리코는 대답했다.

"그러지 않으면 얻은 관측 정보 때문에 탐사기가 무제한으로 커지고 탐사기로서의 형태를 유지하지 못하게 되어 감쇠한다."

"무제한으로 데이터를 보존할 수 없다는 뜻인가."

자신의 지식에 대입해 마세는 탐사기의 말을 이해하려고 했다.

"지나치게 커지면 본래의 형태에서 너무 멀어져서 그걸 유지할 수 없게 된다라. 들은 대로입니다."

마세는 우메다와 사에키에게 두 손을 들었다.

"그래서 마리코 인형에게서 다른 별에 관한 세밀한 정보를 얻는 건 불가능하다고 판단합니다."

"좀 더 실리적이거나 외교적인 이유라고 생각했는데 말이야."

우메다는 심각한 얼굴로 고개를 끄덕였다.

"기구 문제라면 어쩔 수 없겠지. 은하계 우주를 2만 년이나 광속으로 날아온 다른 별 탐사기의 관측 정보를 얻을 줄 알았는데, 역시 너무 낙관적이었나 보군."

"얻었다 해도 도움이 될지 되지 않을지 알 수 없어요."

마세는 고개를 저었다.

"우리에게는 온 적이 없어도 파리 본부나 뉴욕의 최고사령부에는 엔사이클로피디어 갤럭티카를 팔러 세일즈맨이 왔다는 이야기는 들은 적이 있어요. 정보 수집을 위해서라면 지구도 팔아넘길 수 있는 정보부가 왜 사지 않았는지 모두 신기해했죠."

"그 건이라면 들은 적이 있네."

사에키는 괴로운 얼굴로 대답했다.

"우주를 돌아다니던 사기 상법에 걸려서 노이즈만 기록된 막대한 데이터를 샀다든가, 받은 건 좋았지만 데이터가 너무 커서 해독이 전혀 진행되지 않는다든가, 본체만 샀는데 이번에는 사전을 강매당했다든가, 예산이 집행되지 않는다든가. 농담거리밖에 안 돼."

"엔사이클로갤럭티는 뭔가요?"

물은 마사키에게 안은 귀찮다는 듯이 손을 휘둘렀다.

"전 은하판 위키피디아 같은 거야."

"그런 게 있어요?!"

"미개한 별의 원주민을 속이기 위한 전설의 비전서 같은 사기 소재니까 걸리지 말라는 게 정보부의 견해였죠?"

"그건 우리, 아니 제5관구 즉 여기서 낸 결론이 아냐. 파리 본부에서 보낸 통달이야. 그리고 이건 최고 기밀에 속하는 정보인데."

사에키는 소파에 앉은 천문부원들의 얼굴을 둘러봤다.

"엔사이클로피디어 갤럭티카뿐만 아니라 무료로 에너지를 계속 공급하는 영구 기관이나 지구 문명의 스테이지를 한 단계 올리는 고마운 모노리스 등 1년에 한 번은 우주 사기에 관한 주의가 보내지지."

"네에……."

"그래서 어떻게 할까요?"

마세는 우메다와 사에키에게 고개를 돌렸다.

"직접 말할 수 있게 되고 소통 방법에 약간의 변화는 있었지만 기본적으로 처음에 안이 올린 보고서와 다르지 않습니다. 제5관구 사령부로서는 마리코 씨를 어느 정도의 위협으로 판정해 어떻게 대처할지, 애초에 위협으로 판정할지 말아야 할지 옥신각신하고 있는 게 아닐까 싶었습니다만."

"할 수 없군."

우메다는 긴장을 풀듯이 고개를 저었다.

"나쁜 우주인에게서 평화를 지키는 방위군으로서는 상대가 무슨 말을 하든 그게 지구에 어떤 위협이 될지, 어떻게 하면 그 위협에서 지구를 지킬지, 우선 거기서부터 생각해야 해."

우메다는 유미의 무릎 위에 앉은 마리코 인형에게 얼굴을 들었다.

"하지만 그건 적어도 상대가 이쪽과 같은 규칙에서 같은 게임판에 올라와 있을 때만 가능하지. 이런 타입의 탐사기가 상대라면 기밀 정보를 비밀로 유지할 수조차 없어."

"그렇겠죠."

마세는 어깨를 으쓱거렸다.

"그녀는 탐사기라고 했지만, 만약 감쇠하지 않는 전자파를 정찰기로 쓰면 적의 어떤 정보도 손에 넣을 수 있을 겁니다. 완전히 막지 않는 한 전자파는 어디에나 들어가 누구의 대화도 들을 수 있어요. 도서실 책장의 책을 읽을 수 있다면 금고 안에 들어가 기밀 서류를 읽는 것 역시 가능할 테고, 그 이전에 전자파에 의한 통신을 수신할 수 있을 겁니다. 게다가 전자파라면 전선이나 파이버 속을 움직여 인터넷 속 정보 역시 보러 갈 수 있겠죠. 그런데."

마세는 신기하다는 듯한 얼굴을 우메다에게 향했다.

"그런데 그녀 같은 탐사기를 만들 수 있는 문명은 대체 뭘 두고 싸우는 걸까요?"

"……뭐라고?"

우메다는 마세의 말을 확인하듯이 되물었다.

"그렇지 않습니까. 감쇠하지 않는 전자파는 엔트로피 증대의 법칙을 근간부터 무시하는 존재예요. 대체 어떻게 해서 에너지 수지를 맞추고 있는지 알 수 없지만, 그런 것을 쏴서 귀환을 기대하지 않는 탐사기로 쓰는 문명이라면 아마 지구 인류가 떠올리는 에너지 문제는 진즉에 해결되지 않았을까요?"

"기술의 진보로 인해 싸움이 해결된 세계인가."

사에키는 마리코 인형의 얼굴을 다시 봤다.

"그녀는 그런 곳에서 왔다는 건가."

"그게 어떤 곳인지 상상할 수 없지만, 적어도 우리가 문제로 삼는 일은 그녀를 만든 문명에서 싸움의 원인이 안 되지 않을까요? 그야 문명의 수준이나 의식의 스테이지 같은 게 있다고 해서 그게 올라가면 올라간 나름대로 문제를 떠올리는 것도 지성이 가진 특성 중 하나일 테니 그녀를 보낸 문명에는 어떤 문제도 없지 않다고 생각하지만요."

마세는 마리코 인형을 안고 있는 천문부원들에게 시선을 되돌렸다.

"하찮은 지구 인류로서는 그게 어떤 건지 짐작도 가지 않습니다만."

"탐사기의 관측 대상 중 하나가 지적 생명체로 규정됐다는 건 탐사기가 관측 대상인 지적 생명체와 접촉할 가능성도 고려해 설계, 조정했다고 생각해야 할 걸세."

사에키는 팔짱을 낀 팔꿈치를 자신의 무릎에 놓고 마리코 인형을 바라봤다.

"그 경우 탐사기를 보낸 문명은 그 접촉이 지적 생명체에 줄 영향도 물론 고려하고 있을 걸세. 지적 생명체가 중요한 관측 대상이라면 관측하는 것에 의한 영향은 최소한으로 억제할 수 있도록

되어 있다고 규정해야 하겠지."

사에키는 우메다에게 시선을 되돌렸다.

"즉 만약 설비와 준비를 갖추고 아무리 조사와 분석을 해봤자 유익한 정보는 나오지 않아요. 상대는 이만한 기술을 탐사기로 보낼 정도의 기술 문명입니다. 그 정도 대책은 세워져 있다고 가정해야 합니다."

"으음……."

우메다는 신음했다.

"그리고 이 기회에 사령관님과 정보부장님에게 한 가지 묻고 싶습니다."

마리코 인형을 보고 마세는 우메다와 사에키에게 다시 고개를 돌렸다.

"우리 지구방위군은 지금까지 이렇게 수준 다른 우주인과 접촉한 적이 없습니까?"

우메다와 사에키는 거북하다는 듯이 시선을 교환했다.

"어느 관구에서나 우주인을 상대로 언어나 접촉 수단을 갖추지 않고, 준비 부족이나 틀어짐도 없고 쌍방의 가치관도 그렇게 상이하지 않은데 실패로 끝난 접촉이 몇 개나 있어."

우메다가 무겁게 입을 열었다.

"그중 몇 개는 지구 인류가 상대하기에는 수준이 너무 높다고 가정하면 설명이 되는 게 있지. 상대가 초월자라든가, 더 직접적으로 창조주와 접촉한 존재라고 판단한다고 기술한 보고서도 실재해."

우메다는 쓴웃음을 지었다.

"상황 이상으로 작성자의 종교나 취향에 따라 상대에게 붙여지는 이름이 변화한다는 지적도 받았고, 상황이 좋았다면 그 접촉으로 깨달음을 얻거나 해탈할 수도 있지 않을까 하는 분석도 있어."

"신 같은 존재였다는 말씀인가요?"

쇼헤이가 말했다. 우메다는 무겁게 고개를 끄덕였다.

"확산도 감쇠도 없이 자유의사로 이동할 수 있는 전자파야. 현대 기술을 닮았다 해도 재현할 수 없고 우리와 음성을 통해 소통할 할 수 있는 존재. 그건 우리보다 훨씬 신불에 가까운 존재가 아닐까?"

"전에 마리코 인형에 빙의된 탐사기는 스피커나 전원 없이 인류와 이야기를 나눴다면서요?"

마세가 덧붙였다. 우메다는 고개를 끄덕이고 팔짱을 꼈다.

"그리고 탐사기로서 우주와 생명에 대한 깊은 지식을 갖췄어. 그다지 언급하고 싶지는 않지만 성서를 비롯한 고대 경전에 그려진 신의 모습과 비슷한 건 없었나?"

"접촉한 방식에 따라서는 그렇게 됐을 가능성도 있다는 말씀이세요?"

쇼헤이가 질문했다.

"접촉하는 상대의 성격이나 목적에도 달렸겠지."

마세는 유미가 안고 있는 마리코 인형에 눈길을 줬다.

"자신이 이해할 수 없는 사람 이외의 존재를 신이라고 생각하느냐 귀신 들렸다고 생각하느냐 또는 악마로 생각하느냐는 시대나 환경, 탐사기와 접촉하는 지적 생명체의 성격에 따라 아주 달라질 테니 말이야. 일단 이번에는 그렇게 되지 않고 넘어갔어. 그래서, 어떻게 하죠?"

마세는 우메다와 사에키에게 질문했다.

"우리 상층부가 이걸 어떻게 판단하고 어떻게 처리할지 아직 못 들었습니다만."

사에키와 얼굴을 마주 보고 우메다는 한숨을 쉬었다.

"우선 마리코 인형에 쓰인 전자파를 본체로 하는 탐사기가 우리의 적이 아닌 것에 감사하지."

우메다는 마리코 인형에게 고개를 돌렸다.

"그리고 그녀가 자유롭게 원하는 곳을 관측하는 것을 인정한다."

"호오?"

마세가 조금 놀란 표정을 지었다.

"정보부도 같은 견해이신가요?"

"피아의 실력 차를 고려하는 한 같은 결론에 도달할 수밖에 없지 않겠나."

사에키는 어깨를 살짝 으쓱하고 양손을 들었다.

"그녀는 미노야마 천문대의 전파암실에서 사라져 보였네. 우리가 가진 어떤 기술도 그녀를 가둘 수도, 협력을 강요할 수도 없어. 만약 그녀가 우리에게 악의를 가지고 적대하는 최악의 상황을 가정한 경우 우리가 할 수 있는 건 고작 그녀의 빙의체인 인형을 파괴하는 것뿐이야. 그리고 그게 소용없다는 것도 알고 있네."

사에키는 마리코 인형에게 실례를 사과하듯이 고개를 꾸벅였다.

"무엇보다 그녀의 동족이 옛날 여기에 와서 우리를 계속 관측할 만하다고 판단해줬네. 그렇다면 그녀 뒤에도 계속해서 탐사기가 여기에 올 가능성이 있어. 그렇게 생각하면 지나치게 근시안적인 수단은 취하고 싶지 않군."

"여기에 온 그녀의 동족 탐사기가 그녀로 이제 두 번째라는 보증도 없어."

우메다가 말했다.

"그녀가 탐사기로서 그 고향에서 떠난 게 2만 년 전이라고 하면 전에 지구에 와서 마리코 인형에 붙은 탐사기 이전에도 동족이 지구에 왔다고 생각해야 할 테고, 또 같은 타입의, 감쇠도 하지 않고 확산도 하지 않는 전자파로 이루어진 탐사기가 지구 문명의 발생 이전부터 이 부근을 지나쳤을 가능성도 있어. 그리고 현재 우리는 거기에 대처할 수단을 아무것도 가지고 있지 않아."

천문부원들을 한 번 돌아본 우메다의 시선이 마리코 인형에게 머물렀다.

"그렇다면 가능한 한 이성적인 판단을 해서 의연한 태도를 보이는 수밖에 없어. ……지적 생명체를 관측한 입장에서 그 결과에 대해 자네는 뭐라고 판단을 내렸지?"

"탐사기는 관측 결과를 가공하지 않는다."

마리코는 간단히 대답했다.

"관측 결과를 보고로 정리해 보낸다. 그것뿐."

"학술적 흥미로 질문하는데, 자네는 지금까지 얼마나 되는 지적 생명체를 관측했지?"

우메다가 거듭 질문했다.

"보고를 송신 뒤에 소거했다면 기억하지 못할지도 모르지만."

대답은 조금 느렸다.

"……233종."

마리코는 대답했다.

"한 별에 복수종의 지적 생명체가 존재하는 경우도 포함해서 184개 별에서 233종의 지적 생명체를 관측했다."

"그중 미지의 지적 생명체는 몇 종류 있었지? 대답할 수 있나?"

"마리코가 처음 발견하고 관측한 지적 생명체는 12종이 된다."

마리코는 쉽게 대답했다.

"또한 당신들은 앞서 온 탐사기에 의해 존재가 확인됐기 때문에 미지의 지적 생명체에는 포함되지 않는다."

"아직 항성간 우주에 진출하지 않은 우리 같은 문명조차 과거의 조사 기록을 바탕으로 이미 안다고 판단하는 건가."

우메다는 천천히 고개를 저었다.

"이길 수 있다는 생각이 전혀 안 드는군."

"괜찮다."

마리코가 말했다. 그것이 질문에 대한 대답이 아닌 것을 깨닫고 우메다와 사에키는 마리코 인형과 마주 봤다.

"당신들은 저번 관측에서부터 이번 관측까지 존속할 수 있었다. 관측에 이만한 사이가 벌어진 경우 생명체가 사라져서 재관측을 하지 못하는 경우도 있다."

"어……."

쇼헤이는 짓눌린 듯한 목소리를 냈다.

"왜 그런 일이."

"관측해야 할 천체가 어떤 이유로 사라지거나 부서져 계산된 미래 위치에서 발견할 수 없는 경우도 있다. 또한 관측해야 할 천체에 도착해도 관측해야 할 지적 생명체를 발견할 수 없는 케이스도 있다."

"관측 대상을 발견할 수 없는 경우는 천체 충돌을 포함한 이변이 일어났다는 뜻이겠군."

"많은 경우에는 주변을 관측하는 것보다 천체를 없앤 원인, 혹은 천체에서 지적 생명체가 사라진 원인을 조사한다."

"……지금까지 대체 얼마나 되는 별이 사라지고 얼마나 되는 지적 생명체를 두 번 다시 관측할 수 없게 된 거지?"

조용한 목소리로 물은 우메다에게 마리코는 담담하게 대답했다.

"앞서 온 탐사기의 관측 데이터의 미래 위치에 존재하지 않았던, 혹은 완전히 양상을 바꾼 별은 525. 사라진 지적 생명체는 70종."

"그렇게나……."

쇼헤이의 목소리는 잠겨 있었다.

"그중 근방 별에서 동종으로 보이는 지적 생명체가 관측되는 경우도 있다. 그래서 동일한 별에서 동일한 지적 생명체가 장기에 걸쳐 존속하는 일은 반복 관측해야 할 대상이 된다."

"천변지이로 자연 환경이 격변하는 것도 아니고 대운석에 피해를 입은 것도 아닌 지구가 계속 있고, 게다가 거기에 지적 생명체가 멸종하지 않고 존속하고 있으니 괜찮다는 건가."

우메다는 웃었다.

"그렇군, 살아 있는 것만으로 이득인 건 아무리 진보한 문명이라도 진리일지도 모르겠구먼. 좋아, 감쇠하지 않는 전자파이자 탐사기인 그녀를 포함한 마리코 인형을 우리는 오파츠로 처우한다."

"오파츠?"

천문부원들은 얼굴을 마주 봤다. 마사키가 물었다.

"이 경우의 오파츠는 뭔가요?"

"그 시대에 있을 리가 없는 초기술의 산물이야. 고생대의 지층에서 출토된 나사라든가, 고대 문명에서 발굴된 비행기나 로켓 형태의 액세서리 같은 거 말이야."

안의 조잡한 설명에 마사키는 고개를 끄덕였다.

"아아, 탄약고에 있는 거네요."

"아니, 그것과는 좀, 뭐 비슷한 건가."

"세간 일반에서 이야기하는 오파츠는 안이 말한 거지만 우리에게 오파츠는 의미가 좀 달라."

의미심장한 웃음을 띠고 마세는 부원들의 얼굴을 바라봤다.

"탄약고의 수납물은 정체불명인 채 보존되고 있지만 할 수 있는 조사 분석은 완료했어. 이 경우의 오파츠는 우리의 손길이 미치지 않는, 더 분명히 말하면 어쩔 방법이 없는 것에 대해 최대한 접촉을 유지하며 내버려두는 걸 말해."

마세는 두 손을 살짝 들었다.

"요컨대 우리의 패배 선언이야."

천문부원들은 긴장감이 풀린 듯한 묘한 목소리를 냈다.

"뭐야, 그런 거였군요."

"그런 거야. 마리코 인형을 어떻게 할 수 없는 이상 우리가 할 수 있는 건 아무것도 없어. 당분간 그녀는 너희 이와에 고등학교 천문부에 맡길 거야."

우메다는 마리코 인형에게 시선을 되돌렸다.

"만약 괜찮다면 관측을 위한 자네의 시간이 얼마나 남아 있는지 가르쳐주지 않겠나?"

"아직 미정."

마리코 인형은 대답했다.

"관측해야 할 항목은 아직 상당히 남아 있다."

"원하는 만큼 머물러도 좋아. 만약 우리가 뭔가 할 수 있는 일이 있다면 협력하지."

이번에는 마리코의 대답이 늦게 나왔다.

"고맙다."

고개를 끄덕이고 우메다는 말했다.

"이것도 흥미로 묻는 건데, 자네들에게 수명은 있나?"

이번에도 마리코의 대답은 조금 늦게 나왔다.

"정해진 설계 수명은 없다. 태어났을 때 형태 그대로라면 우주 끝에 갔다 돌아올 수도 있다."

"호오."

"하지만 오래 날고 관측하는 동안에 탐사기는 조금씩 변화하고 달라져간다. 균형을 잃고 증발하는 경우도 있고, 무엇을 위해 날고 있는지 잊어버리는 경우도 있다."

"역시 무한한 수명을 가지고 우주를 돌아볼 수는 없는 건가."

"먼저 날아간 탐사기 중 가장 먼 건 우리 은하의 가장자리에 도달해 더 날고 있을 터다. 내가 거기까지 갈 수 있을지 없을지는 알 수 없다."

"또 하나 질문해도 될까?"

마세가 말을 걸었다.

"너도 전의 탐사기도 왜 마리코 인형을 빙의체로 고른 거지? 인형 자체를 조사해도 이상한 곳은 전혀 없었어. 뭔가 이유가 있다면 가르쳐줘."

"흔적이 있었다."

마리코는 대답했다.

"마리코가 입고 있는 오시마츠무기 후리소데에 쓰인 생체 섬유에 염색된 금속 성분에 옛날 여기에 있었다고 짐작되는 탐사기의 희미한 자기 패턴이 남아 있었다."

"뭐라고?"

상상도 하지 못했던 대답에 마세는 마찬가지로 소파에 앉은 우메다, 사에키와 얼굴을 마주 봤다.

"오시마츠무기 후리소데의 생체 섬유? 무슨 소리지?"

남자 세 명의 시선이 자신들보다는 기모노를 잘 알 것으로 보이는 안에게 향했다. 시선을 눈치채고 안은 황급히 고개를 저었다.

"왜 저를 보세요!"

"제가 말씀드려도 될까요?"

그때까지 가만히 책상에서 터치 디스플레이에 손가락을 움직이고 있던 오쿠누키가 손을 들었다. 우메다가 오쿠누키를 봤다.

"알겠나?"

"마리코 인형이 입고 있는 오시마츠무기는 견사를 매염제로 철분이 함유된 진흙에 염색해 만듭니다. 생체 섬유는 비단을 말하고, 거기에 물든 금속 성분이란 진흙 염색 색을 내는 탄닌으로 탄화시킨 철분이 아닐까요?"

"오시마츠무기의 탄화철에 자기 패턴이?!"

마세는 자신도 모르게 일어났다.

"그럴 수가, 먼 옛날 자기 테이프처럼 견사 직물에 자기 패턴이 남아 있었다는 건가?!"

"그리고 이 생체 섬유를 짜는 방식이 대기 상태에 있을 때의 유지 에너지를 순환시키는 데 가장 손실이 적다."

마리코 인형이 말했다.

"예전 탐사기가 여기에 있었던 것도 같은 이유라고 추측한다."

마리코의 목소리를 들은 마세는 큰 한숨을 토하고 소파에 털썩 앉았다.

"다음에 너를 조사할 기회가 있으면 그 점을 주의해보자. 아, 네가 거기에 있는 동안에는 조사해보자는 발칙한 생각은 하지 않을 테니까 안심해."

"그런 거다."

우메다는 다시 한번 천문부원들의 얼굴을 돌아봤다.

"본인도 그러는 편이 좋을 것 같으니 마리코 인형의 신병은 너희에게 계속 맡기마. 지구인을 대표해 심우주에서 온 조사기에 부끄럽지 않도록 상대하도록."

"네에."

천문부원들은 맥이 빠진 듯한 얼굴을 마주 봤다.

"그럼."

천문부원과 안이 물러난 조합장실에서 조합장인 우메다는 사에키와 마세의 맞은편 소파로 자리를 이동했다. 비서 책상의 오쿠누키에게 손을 들었다.

"기록을 멈춰주게. 이제부터 기록은 필요 없어."

"알겠습니다."

키보드에서 손가락을 움직이던 오쿠누키는 열려 있던 디스플레이를 닫았다.

"의미가 있을까요?"

마세는 완전히 식은 커피로 손을 뻗었다.

"상대는 전자 변조도 아무것도 없는 이쪽의 목소리를 듣고 대답을 했어요. 적어도 안네 일행이 차에 태워 주차장을 나갈 때까지 기다려도 되지 않을까요?"

"진심으로 거기에 의미가 있다고 생각하는 건가?"

우메다에게 날카로운 시선을 받고 마세는 시선을 피했다.

"일시적인 위안입니다."

"그래, 기껏 정보부와 마세 연구실에 검증을 의뢰했는데 그 결과를 기록으로 남기지 않고 구두로 보고를 받은 것도 결국은 일시적인 위안이야. 어떻게 됐지?"

"아까 사령관님께서 하신 이야기를 들으면 대강 예상이 가지 않을까 생각합니다만."

마세는 거대한 야쿠 삼나무 테이블 위의 받침에 컵을 놓았다.

"그래요, 다른 결론은 나오지 않잖아요?"

우메다는 고개를 끄덕였다.

"들려주게."

"알겠습니다. 의뢰는 마리코 씨처럼 감쇠하지 않는 전자파가 탐사기로서가 아니라 병기로서 운용된 경우에 대한 고찰이었습니다."

마세는 정보부장인 사에키를 봤다. 고찰의 결과는 이미 정보부와 조정을 마쳤다.

"뭐, 마리코 씨와 이야기를 나눠봐서 대개 아신다고 생각합니다만, 애초에 지구 인류는 전자파 개체로 완결되는 우주인에 대한 유효한 대책을 가지고 있지 않습니다. 음, 마리코 씨가 우주인인지 아닌지는 논의의 여지가 있지만, 우주인에 의해 만들어진 인공 지성체이자 우리와 소통이 가능하므로 우리가 정의한 우주인의 범주에 들어간다고 판단했습니다."

"정의에 관한 문제는 어차피 말장난이야. 신경 쓰지 말고 진행해주게."

"알겠습니다."

사에키를 보고 마세는 계속 말했다.

"만약 마리코 씨와 같은 분석, 기록 능력을 가지고 글자 그대로 손끝처럼 전자파를 조종할 수 있는 존재가 병기로 운용된 경우 인류에 대항책은 없습니다."

"······그렇게 되겠군."

"그야 그렇습니다. 생각해보세요. 적은 이쪽의 통신망뿐만 아니라 네트워크의 깊은 곳까지 자유자재로 들어가 그 내용을 이해하고 *끄집어내는* 것은 물론 중요 기밀을 가짜 정보로 바꾸거나 소거해 모든 것을 작동 불능으로 만드는 일조차 간단히 할 수 있을 겁니다. 고전적인 전화에서 인터넷 데이터 통신까지 전자파를 쓰는 이상 모두가 공격 대상이 될 수 있습니다. 마리코 씨의 유효 주파수대가 어디에서 어디까지인지는 알 수 없지만, 병기로 운용한다면 설정이 자유자재일 테니 레이저 회선에서 광회로까지 뭐든 엉망이 된다고 각오하는 편이 좋겠죠."

"흐음."

우메다는 무거운 한숨을 토했다.

"뭔가 대응책은 없는 건가?"

"하나뿐입니다."

우메다는 마세의 얼굴을 다시 봤다.

"뭘 할 수 있지?"

"컴퓨터를 끊고 전화를 끊고 전선도 끊으면 전자파를 조종하는 적의 모략을 멈출 수 있습니다."

마세는 손으로 자신의 목을 그어 보였다.

"고전적이고 이쪽도 자살하는 전술이지만 현 상황에서 이쪽이 할 수 있는 수단은 그 정도밖에 떠오르지 않습니다. 게다가 만약 그런 능력을 가진 존재가 적으로 돌아선다면 목적을 위해 사전에 우리가 사용하고 있는 시스템을, 즉 지구상에 인류가 쌓아올린 전자파를 쓰는 통신망을 충분히 연구하는 것에서부터 시작하겠죠. 그리고 적이 충분히 똑똑하다면 목적을 위해 최단 거리를 달릴 겁니다. 즉 이 가상의 적은 충분히 우리보다 유력하고 우월하다고 가정해야 합니다."

마세는 양손을 들었다.

"이길 수 있을 리가 없어요. 그 점에서는 사령관님의 판단과 같은 결론입니다."

우메다는 시선을 사에키에게 옮겼다.

"정보부도 같은 결론인가?"

"대체로 같습니다."

사에키는 대답했다.

"우리 인류는 외부에서 들어오는 정보 대부분을 시각과 청각에 의존하고 있습니다. 시각은 빛 청각은 음파로, 그 양쪽 모두 체내에서 전기 신호로 변해 뇌에 전해지죠. 전자파를 자유롭게 조종하는 적이라면 원격지와의 통신에 쓰는 전자파나 유선 신호뿐만 아니라 우리의 신경 신호까지 자유롭게 조종할 가능성을 고려해야 합니다. 그런 존재를 상대로 대체 어떻게 하면 싸움이 성립될까요."

사에키는 고개를 저었다.

"애초에 싸울 수 있는 상대가 아닙니다."

"애초에 지금까지 지구방위군 내에서 그런 상황을 가정한 시뮬레이션이 한 번도 실시되지 않았을 리가 없잖습니까?"

반대로 마세가 물었다.

"이런 기회라도 없으면 부적절한 질문입니다만, 지구 인류의 기술 수준으로 상대도 되지 않는 압도적인 적이 나쁜 우주인으로서 공격해온다면 우리는 어떻게 하게 되나요?"

"19세기의 화성인 습격 이후 그런 사고 실험은 몇 번이고 반복되고 있네."

우메다는 그럴 듯한 얼굴로 팔짱을 꼈다.

"허버트 조지 웰스의 우주 전쟁인가요."

"그래. 고래로부터 미래까지 지구는 온갖 우주인, 괴수 혹은 천변지이의 공격을 받아왔어. 그리고 어떤 때는 지구 외에는 없었던 세균에 의해, 어떤 때는 기발한 신병기에 의해, 또는 우주에서 온 히어로나 전설의 괴수에 의해 지구는 구원받았어."

"그런 말씀을 하시니까 오쿠누키 씨가 싫어하는 겁니다."

마세는 과장스럽게 목소리를 깔았다.

"다행스럽게 지금까지 우리의 조사 활동에서는 그런 예상 밖의, 저항하는 것도 소용없을 만큼 일방적으로 강대한 우주인의 존재는 확인되지 않았어."

위풍당당하게 가슴을 펴고 우메다는 듣지 못한 듯이 계속했다.

"하지만 그렇게 적이라고 불러야 할 수밖에 없는 나쁜 우주인이 계속 나타나지 않는다고 단정할 수는 없지. 우리의 임무는 언제 공격받을지도 모르는 위험에 대비하는 거니까."

"슬슬 시간입니다."

비서용 책상에서 오쿠누키가 말을 걸었다.

"마감해도 될까요?"

"오? 벌써 그런 시간인가?"

우메다는 키나가시의 안주머니에서 투박한 회중시계를 꺼내 누름식 뚜껑을 열고 시간을 확인했다.

"좋아. 그 밖에 뭔가 들어야 할 건 없나?"

우메다는 사에키와 마세의 얼굴을 바라봤다. 마세는 손을 살짝 들었다.

"그럼 마지막으로 하나만 말씀드리겠습니다."

"뭔가, 마세 군?"

"마리코 씨가 여기에 있는 건 지적 생명체 즉 우리 인류의 조사를 위해서입니다. 그 마리코 씨를 이와에 고등학교 천문부원들에게 맡긴 건 즉 그런 뜻입니까?"

"무슨 소린가, 마세 군?"

우메다는 즐거운 듯이 되물었다.

"마리코 씨를 천문부원에게 맡긴 건 즉 마리코 씨의 조사 대상을 고등학생들에게 집중시킨다는 뜻입니까?"

"마리코 씨의 본체는 전자파니까 이쪽의 사정을 강제할 수는 없어."

여전히 웃으며 우메다는 말했다.

"그러니까 만약 그녀가 우리에게 흥미를 가지고 조사 대상으로 골랐다 해도 우리처럼 사악에 물들어온 음흉한 어른이 아니라 아직 아무것도 모르는 순진한 고등학생 쪽이 대상으로 어울리지 않겠나?"

"사악에 음흉하다니, 직접 하실 말씀인가요?"

마세는 조합장실에 남아 있는 사에키와 우메다뿐만 아니라 비서 책상에 있는 오쿠누키의 얼굴도 봤다.

"뭐가 말인가?"

"아니요. 대강 알았습니다. 그럼 마리코 씨의 지적 생명체 활동에 대한 흥미가 우리 같은 지구 방위를 위한 비밀결사가 아니라 안네 아이들 같은 방향으로 향하기를 기도하며 서포트하죠."

"그렇게 해주게."

마세는 일어섰다.

"그럼 뭔가 변화가 있으면 연락하겠습니다."

사에키에게도 고개를 꾸벅이고 책상에 앉은 오쿠누키에게도 인사한 후 조합장실에서 나가려 한 마세는 문에 손을 대고 우뚝 멈췄다.

"혹시나 해서 말입니다만."

마세는 우메다에게 돌아섰다.

"우주인의 탐사기가 사악과 순진 같은 가치 기준을 중요시한다고 진심으로 말씀하신 건 아니죠?"

우메다는 씩 웃었다.

제8일

다음 날 이와에 고등학교. 아직 부원이 오지 않은 방과 후 천문부 부실에서 마세는 안에게 일의 전말을 간략화해 설명했다.

"그렇게 됐으니까 한동안 이 건에 관해서는 연락을 은밀하게 부탁해."

"그럴듯한 핑계를 대고 대처 불능인 골치 아픈 일을 떠넘겼을 뿐이잖아."

안은 담백하게 넘겼다.

"할아버지는 귀찮은 일을 남에게 떠넘기는 데는 천재적이니까."

"뭐야."

마세는 맥 빠진 얼굴을 했다.

"알고 있다면 됐어. 너희 믿음직한 학생들은 오늘은 어디에 있지?"

마세는 부원이 없는 천문부 부실을 둘러봤다. 안은 어깨를 으쓱거렸다.

"듣자하니 도서실 안쪽에서 수상쩍은 전자파가 발견됐다는 전파연의 의뢰로 출동 중이야."

"마리코 씨도 같이?"

"유미가 안고 있었어. 어디에 쓸 생각인지, 과연 협력해줄지 알 수 없지만."

"그렇군."

쓴웃음을 짓고 마세는 낡은 컴퓨터를 등진 책상 의자에서 일어섰다.

"그럼 오늘은 이만 물러나볼까."

"보러 안 가?"

"관둘게."

웃고 마세는 문을 향해 걷기 시작했다.

"어차피 그 애들은 인류의 가장 좋은 부분이기를 기대받고 있어. 우리 같은 어른이 넉살 좋게 나가는 것보다 그 애들한테만 맡기는 편이 여러모로 잘 풀릴 거야."

"무책임해."

"어라? 안도 그렇게 생각하지 않았어?"

안이 노려보고 있다는 것을 알고 있는 듯이 마세는 등 너머로 손을 들고 문에 손을 댔다.

"그러니까 현장은 학생들에게 맡기고 방에서 느긋하게 있는 거 아냐?"

반론하려고 안이 입을 열었을 때 어딘가 멀리서 둔탁한 진동이 전해져왔다. 한 순간 늦게 터무니없이 묵직한 것을 지면에 떨어뜨린 듯한 쿠웅, 하는 소리가 낡은 벽돌 교사를 흔들었다.

"어라라?"

아무렇지 않은 얼굴로 마세는 천장을 올려다봤다.

"쥐인가?"

"기다려!"

"성가신 일이었으면 연락 줘. 그럼 외부인은 지옥의 가마 뚜껑이 열리기 전에 물러날게."

"야, 기다려! 무슨 일이 일어났는지 확인도 안 하고 도망칠 셈이냐!"

"도망치다니 당치도 않아. 무슨 일이 있어도 대처할 수 있도록 이모저모 확인하고 준비해둘 테니까 너는 안심하고 학생들을 돌봐줘."

웃으며 마세는 뒤로 문을 닫고 천문부 부실에서 나갔다. 지금 당장 지금 당장 쫓아가 목덜미를 붙잡아 데리고 돌아올까 안이 생각하는 사이에 탁탁탁, 하고 발소리가 달려와 부실 문을 열었다.

"선생님, 큰일이에요!"

유미가 뛰어 들어왔다.

"바로 와주세요!!"

사사모토 유이치

방과후 지구 방위군

2

고스트 콘택트

A.S.E.G.
After School Earth Guard

작가의 말

오래 기다리셨습니다. 《방과 후 지구방위군》 2권이 나왔습니다.

대부분의 경우 저는 집필하고 있는 이야기를 추세대로 진행합니다. 메인 소재는 이것! 이라고 정한 적도 있지만, 시간이 아무리 지나도 정하지 못하는 경우도 드물지 않습니다. 소재를 떠올릴 때까지 기다리고 있으면 아무리 기다려도 이야기가 시작되지 않아서 어쩔 수 없이 무리해 저번 회의 뒷 장면부터 쓰기 시작해봅니다. 머지않아 뭔가 떠오르겠죠.

그렇게 시작해본 것이 서두, 이와미 대학의 마세 연구실 장면입니다. 현대 문명을 아득히 뛰어넘는 우주인의 기술로 만들어진 것이라면 이렇지 않을까 이야기를 지어내며, 여기가 그런 임무를 담당하면 다른 곳에도 여러 가지가 모여 있지 않을까 해서 창고에 가보고 어떻게든 될 것 같다고 생각했습니다.

물론 추세에 맡긴다고 이야기가 쑥쑥 진행될 정도의 구상이 솟아오를 리가 없습니다. 이 뒤에 어떻게 해야 하나 고민하며 이야기를 진행하지 못하게 되는 것도 늘 있는 일입니다. 해보니 이번에도 평소와 똑같았다고 말입니다.

세 줄 전까지 생각도 하지 않았던 캐릭터가 자신이 나설 차례라며 나오는 것도 항상 있는 일입니다. 그러면 어떻게든 되지 않겠냐고 생각하시는 독자님도 많겠지만, 어떻게든 되지 않습니다. 어떻게든 합니다. 재미만 있으면 설정에서 벗어나든 가짜든 설정이 무너지든 상관없기 때문에 어떻게든 합니다. 괜찮아, 진짜 위험한 전개가 되면 책이 나오기 전이라면 앞으로 되돌려 고치는 방법이 있어. 작가라는 직업의 장점은 세상에 나가기 전이라면 얼마든지 시행착오를 거칠 수 있는 점에 있다. 어? 마감? 네, 알고 있습니다. 어떻게 될지 알 수 없지만 하고 있습니다.

올해로 작가 생활 35년이 되니 나이에 따라 일하는 시간도 변해왔습니다. 젊을 때는 해가 저물 때부터 집중해 일을 했습니다만, 중년이 지나자 더 이상 하지 못하겠더군요. 체력이 있는 동안 일을 하지 않으면 원고를 쓰는 창작을 할 수 없게 됩니다.

얼마 전이라면 패밀리 레스토랑에서 런치 세트를 먹은 후 노트북의 배터리가 떨어질 때까지 음료 코너를 친구 삼아 일을 했습니다.

눈이 쌓이고 때로는 눈보라가 몰아쳐 근처에서도 조난당하는 삿포로의 겨울이라도 되면 원래 패밀리 레스토랑으로 하는 통근도 위험해집니다. 그러면 집에서, 그것도 잠에서 깨어나 기력과 체력이 충실한 오전에 집중해 원고 작업을 합니다. 어차피 인간의 집중력은 하루에 네 시간이 한계라는 이야기도 있으니까 인터넷이나 잡념을 뿌리치고 오전에는 일!

그 헤밍웨이는 키웨스트에서는 시원한 오전에 일하고 오후에는 바에서 술을 마셨다는 전설이 있는데요, 그건 일할 체력이 있는 동안 일하는 베테랑 작가의 지혜였다고 이제 와서 생각합니다.

작가에게 체력이 필요하냐고요? 필요 불가결입니다. 창작에 필요한 상상력은 기력과 집중력으로 인수분해할 수 있는데, 양쪽 모두 체력 즉 근력과 심폐 능력과 기타에 직결됩니다. 걱정거리가 있으면 그만큼 창조력도 떨어지니 오래 계속하고 싶으면 건강과 그것을 유지할 수 있는 운도 중요해집니다. 아직 한동안은 작가 일을 계속할 생각이니 체력을 제대로 유지해 컨디션을 관리해야겠네요. 헉! 나이를 먹으면 컨디션과 병 이야기만 하게 된다는데, 바로 이건가?!

이 작품이 저에게 헤이세이 최후의 신간이 됩니다. 데뷔하고 몇 년 지나 쇼와가 끝나 헤이세이가 되고, 20세기가 끝나 21세기가 되었으며, 여기서 연호를 또 하나 보내게 됩니다.

이 세기에도, 다음 연호로 구분되는 시대에도 아무쪼록 작가를 계속할 수 있을 뿐만 아니라 여러분께 평화롭고 행복한 일이 있기를 바랍니다.

2019년 2월 21일 사사모토 유이치

HOUKAGO CHIKYU BOEIGUN © 2019 Yuichi Sasamoto
This book is published by arrangement with Hayakawa Publishing Corporation
through Imprima Korea Agency

방과 후 지구방위군 2 고스트 콘택트

2023년 7월 15일 1판 1쇄 발행

저　　　자 사사모토 유이치
일 러 스 트 시라노리
옮 긴 이 신동민
발 행 인 유재옥
본 부 장 조병권
담당편집 정영길
편 집 1 팀 김준균 김혜연
편 집 2 팀 정영길 조찬희 박치우 정지원
편 집 3 팀 오준영 이해빈 이소의
편 집 4 팀 전태영 박소연
미　　　술 김보라 박민솔
라이츠담당 김정미 맹미영 이윤서
디 지 털 박상섭 김지연
발 행 처 ㈜소미미디어
인쇄제작처 코리아피앤피
등　　　록 제2015-000008호
주　　　소 서울 마포구 토정로 222, 403호(신수동, 한국출판콘텐츠센터)
판　　　매 ㈜소미미디어
마 케 팅 한민지 최정연 박종욱
물　　　류 허석용
전　　　화 편집부 (070)4164-3962, 3963 기획실 (02)567-3388
　　　　　　판매 및 마케팅 (070)4165-6888, Fax (02)322-7665

ISBN 979-11-384-1403-6 04830
ISBN 979-11-384-1401-2 (세트)